Éditeur : Planète Noire
Auteur : François Le Tertre
Peintures : François Le Tertre
Graphiste couverture : Rafido
ISBN : 9798882528927

François Le Tertre

LA PETITE FILLE QUI PEIGNAIT SUR LES PIANOS

roman

PREMIÈRE PARTIE
MAÏNA ENFANT

Chapitre 1

Elle finit par s'asseoir, un brin penaude, attendant, comme une vilaine adolescente, sa réprimande. Domingo se désolait de son allure dégingandée, de son Rimmel dégoulinant, de ses traits tirés, de sa jolie robe verte aux effluves de sueur tournée. Derrière ses sourcils broussailleux, ses yeux noirs exprimaient une tristesse résignée. Il posa ses mains bien à plat sur la table. Deux étais pour maintenir son corps en équilibre, immobile ; ne pas ciller, respirer lentement, veiller à ce précieux silence, barrière ténue contre le mensonge.

Impudique à midi pile, témoin de toutes les disputes, le coucou piailla trois fois en projetant son bec orangé. La scène de ménage télépathique s'acheva sur ces notes vives, sans invective, sans esclandre, sans autre espoir qu'une omelette aux champignons correctement cuite.

Ce fut à peu près tout de leurs chaleureuses retrouvailles.

Domingo devait s'absenter trois ou quatre jours. Tout en enfonçant délicatement le bec du piaf, il lança :

« Je peux compter sur toi ? »

Caroline répondit d'un laconique hochement de tête. La porte se referma. Un imperceptible clic remonta le long du bras de Domingo jusqu'à son oreille. Il semblait satisfait du temps consacré à son animal domestique.

Dans sa chambre, Maïna portait le masque des mauvais jours. Papado devait s'absenter pour travailler. Maïna protesta en se réfugiant sur son petit lit recouvert d'une courtepointe fuchsia. *Bah, bah... ne sois pas... bah... triste,* semblait bégayer son poisson rouge, en la regardant sangloter à travers ses murs de verre. Derrière la porte, le cœur serré, Domingo imaginait des auréoles de larmes imprégner le petit oreiller. Il frappa puis entra sans attendre.

« Pourquoi tu ne reviens pas dormir ici, Papado ? C'est loin, là où tu vas ? Tu vas retrouver la route, n'est-ce pas ? hoquetait Maïna.

– Écoute-moi, *mi amor*, demain, juste avant de te coucher, à 21 heures précises, tu regarderas ce petit point qui brille, dit-il en pointant du doigt l'étoile Polaire. Tu la vois ? Elle indique le nord. Le nord, c'est la direction du cœur. À ce moment-là, je penserai fort à toi. Tu pourras te confier à elle. Mais fais bien attention à ce que tu lui dis, car elle me répète toujours tout...

– Mais je ne te verrai pas ! »

Domingo passa la main dans les cheveux défaits de sa fille. Jamais il ne l'avait quitté plus d'une journée. Cette fois il n'avait pas vraiment le choix. Le travail manquait dans les environs de Rouen et jusqu'à Paris les chantiers tournaient au ralenti. Alors il accepta une courte mission avec son ami Cruz, du côté de Lille.

Départ à 4 h 30 du matin. La vieille 4L de son ami fendait l'air à la vitesse d'une tortue. À cette heure, la route était dégagée. Cruz pilotait et Domingo accompagnait les chansons qui passaient à la radio.

Arrivés sur le lieu du rendez-vous, au 55 boulevard Carnot à Lille, les plans furent très légèrement modifiés. La file d'attente d'une vingtaine d'ouvriers s'allongeait en silence sous une pluie battante. Une voix s'éleva, tranchante, sans appel.

« Messieurs, le chef de chantier a fait son recrutement pour la journée, repassez demain matin à 7 heures ! »

Tandis que la foule des sans-emploi se dispersait, Cruz prit Domingo par la manche et fonça comme une bête enragée vers l'imprudent.

« On vient de la part d'Arcos...

— Connais pas...

— Sûr que tu connais ! C'est Francki, ton pote de Rouen, qui nous envoie. Tu sais, l'gros avec ses moustaches !

— Francki... euh, j'vois pas...

— Mais si, Francki, du lycée de la Vallée du Cailly, m'a dit qu'c'était ton pote, m'a dit aussi que t'avais donné son feu vert et tout... Que ça tombait bien pour ton chantier immense en centre-ville, que tu manquais de maçons et tout et tout...

— Désolé, mais vous arrivez trop tard, les gars, y a plus de place, revenez la semaine prochaine. Pis en plus, des Francki, j'en connais aucun », acheva l'homme, la quarantaine, cheveux gominés, nez proéminent, faciès essayant d'exprimer la compassion avant de glisser nerveusement vers un ton autoritaire qui se voulait sans appel.

Cruz perdit son sang-froid, mais les échanges de gentillesse suivis de coups que Domingo tentait de retenir n'y changèrent rien. Les deux amis de galère remontaient une rue adjacente quand, assis de guingois, un vieux clochard vit passer leurs mines abattues devant son nez vermoulu. Tout en picolant, la mule généreuse, toujours solidement bâtée, porta sur ses épaules voûtées leurs petits malheurs. Les vicissitudes de la vie avaient emporté son foie, mais son âme charitable demeurait intacte. Chez certains sujets, l'alcool épargne les meilleurs morceaux. Aussi leur tendit-il, sourire édenté en prime, sa gnole et son tabac, tout en leur indiquant le point de recrutement des grouillots de service qui se trouvait non loin de là.

Sur le rond-point de la porte de Paris, marché secondaire des sans-gloire et sans-fortune, des hommes tapinaient en petits groupes de deux ou trois. De temps à autre, une voiture ou un utilitaire ralentissait, s'arrêtait quelques instants, échangeait quelques mots, embarquait un lot ou passait au suivant. C'est ainsi que Domingo et Cruz se retrouvèrent sur un chantier de pose de carrelage à Courtrai en Belgique. Cent kilomètres. Une paille, au point où ils en étaient.

Les nuages gris poussés par le vent du nord lâchaient des trombes d'eau sur l'immeuble en construction. Les quatre niveaux du 5 rue Burgemeester-Reynaertstraat édifiés sur rez-de-chaussée, brique et silex, attendaient qu'on achève le second œuvre. Van Doren, le chef de chantier affable, leur délivra les consignes. Domingo et Cruz enfilèrent leur bleu et se mirent à l'ouvrage sans renâcler. À commencer par monter la camelote, préparer les supports, gâcher la colle, poser les dalles, le tout, dans les règles de l'art, et la bonne humeur jusqu'à la pause déjeuner.

La quinzaine d'ouvriers s'étaient installés avec leurs gamelles au niveau de l'attique. Électriciens, couvreurs, carreleurs, plaquistes, plombiers et encore bien d'autres corps de métier s'écharpaient gaiement à propos de la dernière défaite des Belges en coupe d'Europe. Le sujet épuisé, café en main, on passa aux blagues tout en sifflant les femmes qui passaient dans la rue. Comme la cloche n'avait pas encore sonné, Cruz se sentit un peu obligé de faire son numéro de cirque favori. Il se positionna sur le bord de l'attique. Une corde attachée au garde-corps provisoire et le voilà, corps en oblique, à un mètre au-dessus du toit-terrasse. De la rigolade. Il n'en fallait pas plus pour déclencher une avalanche de railleries et faire grimper les enchères. Le couard offrait un spectacle sans saveur. Piqué au vif, Cruz, débordant d'orgueil, ne pouvait en rester là.

« Parie qu'je l'fais d'ici ! » lança-t-il à Lecerf sur un air de défi, en pointant le rebord de l'acrotère qui culminait à une quinzaine de mètres de hauteur.

« Pas chiche ! » lui répondit le gaillard tout en muscles qui avait dénoncé la médiocrité de l'acrobatie.

« Arrête un peu tes conneries ! balança Domingo furieux. Ça fait rire personne !

— Si, moi ça m'fait rire, surenchérit Dario. Mais t'auras jamais les couilles de cette hauteur ! »

Cruz jeta un œil en contrebas et marqua un temps d'hésitation.

« Tu vois qu't'as pas les couilles ! lança Lecerf.

— Ah ouais, j'ai pas les couilles ?

— Nan, tu les as pas, hein les gars qu'y les a pas !

— Demande à ta sœur si j'ai pas de couilles !

— Arrête de parler d'ma sœur pour faire diversion, ça prend pas. Voyez les gars c'que j'disais, l'a pas de couilles, la fiotte ! »

Et voici que par un vent glacé, les cris d'encouragement poussèrent Cruz sur le bord du quatrième étage. Il attacha une corde au garde-corps, l'agrippa d'une seule main, puis d'un geste fit taire l'assemblée « pour la concentration », précisa-t-il, avant d'appeler son ami :

« Domingo, viens là !

— Arrête tes conneries, Gordo[1], t'es plus drôle !

— Viens là, j'te dis, j'ai un truc très important à te dire ! »

Domingo s'approcha doucement comme pour ne pas être happé par le vide.

« S'il m'arrive quelque chose...

— Oui...

— Dis bien à ma femme... », fit Cruz sur un ton dramatique.

« J'lui dirai rien à ta femme, tu lui diras toi-même !

— Bon, aller, accouche ! lança Marco.

— Dis-lui bien que...

— Oui, Gordo, je t'écoute, fit Domingo.

— Dis-lui bien... QUE C'ÉTAIT VRAIMENT UNE GROSSE CONNASSE ! »

Toute la bande des crétins réunis, à l'exception de Domingo, s'esclaffa, bientôt accompagnée par le son sourd de l'orage qui gronde. Une pluie diluvienne s'écrasait sur le béton brut, s'infiltrait au travers des réservations et des cages d'escalier.

Cruz saisit la corde d'une main, vérifia qu'elle était bien attachée puis se lâcha d'un coup sec. Son biceps gonflé ne tremblait pas d'un pouce. Bras droit tendu,

---

[1] Gros

pied en appui sur le bord de l'acrotère, Cruz était suspendu au-dessus du vide, empruntant l'allure d'un toréador, bras libre tendu vers le ciel, regard fier, défiant les spectateurs alignés d'en faire autant. Deux patères en acier étaient censées garantir que le garde-corps pouvait résister à un lancer franc de belle-mère. Mais celle de droite montra en premier un signe de faiblesse. Un glissement à peine perceptible, mais qui n'avait échappé ni à Domingo ni à Cruz, qui ressentit la vibration remonter le long de son bras jusqu'à son palpitant. À la vitesse de l'éclair, Domingo tendit la main à son ami qui ne se fit pas prier deux fois. Il la saisit et tous deux désormais étaient liés par le même destin. La peur décuple les forces. Surtout lorsqu'il s'agit de sauver sa peau. D'une traction herculéenne, Domingo, en équilibre fragile, épaule déjetée à hauteur du genou, ramenait Cruz sur le plancher. Mais alors qu'il n'était pas tout à fait tiré d'affaire, l'imprudent recommençait à fanfaronner en jetant des olé et en réclamant une oreille et la queue. L'orgueil le rendait profondément débile. L'œil gris mi-clos du toréador devint noir et globuleux au craquement sec de la seconde patère. La messe était dite. Cruz emporta dans sa chute vertigineuse le seul ami qu'il ait jamais eu. Domingo eut à peine le temps de penser à sa fille. Il aurait tant voulu lui dire qu'il l'aimait et qu'il n'avait pas souffert. Mais déjà le sol les engloutissait. Cruz eut le privilège de caresser en premier l'asphalte, bientôt suivi par Domino.

Après le bruit sourd des corps qui percutent le sol, les cris, le silence coupable, les flocs flocs de la pluie sur les visages d'albâtre et enfin les deux tons des ambulances, très vite Van Doren reprit les choses en main. Il était formel : « Les délais doivent être respectés ! »

Chapitre 2

Six mois avant la chute.

L'appartement n'était pas chauffé. Le nez engoncé dans son mouchoir brodé de fleurs de muguet, Maïna trouvait, au fond de son lit, un peu de réconfort. Dans l'obscurité rassurante, les minutes s'égrenaient en une succession de rêves d'enfant. Provenant du séjour, l'élocution désarticulée de Caroline se heurta à la voix grave et claquante de son père. Maïna se mordit la lèvre inférieure. La flopée habituelle des « où ? » et des « pourquoi ? », les menaces froides qui précèdent la trêve aqueuse et la cavalerie d'insultes, la terrifiaient. L'ivresse est une dispute, se dit-elle mi-sanglotante. Car si son œil gauche déversait des larmes de compassion, le droit s'asséchait comme une feuille d'automne. En somme, elle détestait aimer sa mère.

Par chance, Domingo ignorait que lorsque Maïna restait seule avec sa mère, de honteuses confidences jaillissaient de son cloaque aux relents d'alcool et de tabac froid. Comme si son absence la requinquait. Alors, comme à la messe, invitée à s'asseoir sur le canapé en tissu mordoré du salon, Maïna attendait sans sourciller la fin de l'eucharistie, en hochant la tête.

Comme à chaque fois, Domingo l'emmena au parc du Val de Gare, à deux cents mètres de chez eux. La voix glaçante de Caroline transperçait la porte palière, les accompagnait dans l'escalier de l'immeuble, traversait les murs de brique. Tous deux fuyaient sans se retourner en empruntant l'étroit chemin piétonnier à l'enrobé pourpre qui serpentait entre les pommiers japonais. Le bruissement des feuilles et les pépiements des oiseaux dissipaient leurs angoisses, les portaient jusqu'au marchand de glaces, intermède réconfortant goût vanille chocolat.

De part et d'autre de l'entrée du parc, deux bancs de bois verts, peinture écaillée, annonçaient la couleur : s'asseoir et patienter. À peine arrivés, une amie de Maïna — grande tige qui riait sans cesse — courut vers eux pour les accueillir gaiement. Il y avait aussi, sur le tourniquet, Sarah et le petit Léo. Domingo fit un tour d'horizon. Peut-être verrait-il Alexandra. Elle les rejoignait souvent après l'école. Il se posa devant la cage à poules tachetée d'innombrables points de rouille. Une dizaine de bambins surexcités escaladaient, bêlaient, se coursaient, insouciants. Domingo ne détachait pas son regard de Maïna, sourire retrouvé, les pieds ramassés sous la balançoire. L'endroit était anxiogène. Il ne s'autorisait aucune lecture, aucune distraction. Surveiller sans discontinuer était sa mission. Un petit déséquilibre dans la démarche de sa fille, un petit garçon teigneux, un homme suspect, un cri sorti de nulle part, dans ce parc comme dans n'importe quel autre, d'ailleurs, tout l'angoissait. Et les senteurs de pin et de mimosa ne suffisaient pas à le détendre. Il se retournait, sursautait, se tortillait sur le banc, comme assis sur des punaises, se levait, s'asseyait...

« Elle ne va pas s'envoler, tu sais... »

Alexandra, jolie brune aux yeux verts, venait de s'asseoir à côté de lui.

« Ta fille », précisa-t-elle en souriant.

« Le malheur arrive sans prévenir...

— On peut y faire quelque chose ?

— Je n'en sais rien, peut-être pas... »

Deux ans qu'Alexandra lui faisait les yeux doux. À peine se posait-il sur le banc qu'elle débarquait comme par miracle sans même simuler la coïncidence. À croire qu'elle le guettait, depuis le séjour qui surplombait le parc, puis descendait en tyrolienne, atterrissait à ses côtés pour lui dévoiler, au premier rang de ses nombreux atouts, ses dents blanches, parfaitement alignées.

Ce mardi de printemps ensoleillé, cette soudaine apparition assortie d'authentiques atouts mit notre grand timide plus mal à l'aise qu'à l'accoutumée. Pour dissimuler sa gêne, il fixa loin devant une maison aux murs de brique rouge. Mais aux yeux d'Alexandra, tout le rendait attendrissant, y compris cette vaine fuite. Elle l'entreprit de sa voix délicieuse en le berçant d'allusions sucrées et de regards qui lui léchaient le visage. N'en pouvant plus, Domingo fit ce qu'il aimait le plus : chanter.

Alejandra... Indispensable y ligera
Alejandra... l'amor n'existe pas...
Sin ti

Mon cœur perdu à ton chevet
Regarde ton corps étendu.
Allongé, sur le côté.

andra... Indispensable y ligera
Alejandra... l'amour n'existe pas...
Sin ti...

Ohh Alejandra...
Que deviendrons... nous ?

Alexandra l'écouta, mi-amusée, mi-admirative. *Et en plus d'être beau, il chante divinement bien...*

« C'est joli, c'est de qui ?

— C'est de moi », répondit Domingo avec son petit accent argentin. « De temps en temps je chante... sous ma douche...

— Ah d'accord... Y a pas beaucoup de rimes dans ta chanson », opina-t-elle, moqueuse...

« L'improvisation... Sur le coup, j'ai rien trouvé de mieux, répondit Domingo. Tout est allé si vite entre nous... »

Et tous deux rirent aux éclats.

On lisait dans l'attitude d'Alexandra un profond désir, mais aussi une grande déception, car son instinct de femme lui soufflait que jamais elle ne pourrait se blottir dans les bras de cet homme cultivé et sensible avec qui elle n'échangeait que de trop rares moments. Il la faisait rêver, elle que son mari ne touchait que les jours de pleine lune, se sentant obligé de lui faire « ce cadeau », s'exécutant mollement, un peu sous la pression d'une certaine idée qu'il se faisait du couple.

Alexandra avait un mari qui ne l'aimait pas. Domingo, une femme qui ne l'aimait pas non plus. Elle était belle, avec ses traits fins, sa bouche charnue bien dessinée, ses longues jambes qui soutenaient des fesses parfaitement moulées. Lui, plus encore. Leur histoire était cousue de fil blanc. Mais Domingo s'interdisait d'aller au-delà parce qu'il avait charge d'âmes et, dans son idée sacrificielle de la paternité, tout son temps libre devait se consacrer à l'éducation de sa fille. C'était sa mission divine. Une vie d'ascèse rythmée par son travail, les courses qu'il allait chercher à la supérette, à une quinzaine de minutes à pied, et Caroline, sa femme à l'esprit malade qu'il assumerait jusqu'au bout.

*

De retour chez eux, comme souvent, Caroline avait disparu, quelques heures ou quelques jours. Maïna angoissait et assommait son père de questions embarrassantes. Alors le piano venait à son secours. Surtout quand il ne trouvait pas les mots. Les accords mineurs déroulaient une vérité en arpèges plus facile à dire et surtout moins cruelle à entendre. Et tous deux unissaient leur peine dans des improvisations sans fin.

Après le dîner, Maïna fit sa toilette, enfila son pyjama, se brossa les dents et vint embrasser son père.

« Sais-tu jusqu'où je t'aime ? lui souffla-t-il.

— Laisse-moi deviner... Jusqu'en haut d'un brin d'herbe ?

— C'est bien ça.

— C'est pas bien haut, papa...

— Pas bien haut... même pour une minuscule coccinelle ?

— Et toi, papa, sais-tu jusqu'où je t'aime ?

— Parce que tu m'aimes ?!

— Papa...

— OK, dis-moi alors.

— Jusqu'à Tycho, lui susurra Maïna dans le creux de l'oreille.

— Tycho ? C'est où Tycho ?

— C'est un cratère sur la Lune, en bas à gauche. Je l'ai vu sur un livre, hier.

— Tu m'aimes jusqu'au fond d'un cratère ?! Ce qui veut dire que tu me détestes...

— Papa...

— Je suis désolé, mais je ne vais pas pouvoir te libérer...

— S'il te plaît, supplia Maïna en tentant de fuir, ça veut dire que je t'aime jusqu'à l'infini !

— Ou bien que tu préfères quand je suis très loin de toi... OK, admettons... Je vais te libérer, mais d'abord... cite-moi quatre noms de fruits à peau rouge...

— Alors... Euh... La pomme, la cerise, la mangue...

— La mangue ?!

— Bah oui, y a du jaune, du vert et du rouge aussi...

— Admettons...

— Et... le kiwi.

— Faux, le kiwi est vert !

— Non, y a du jaune et même, euh... du rouge aussi ! fit-elle avec aplomb.

— Du rouge ?!

— Oui du rouge, parfaitement, du rouge ! »

Domingo desserra son étreinte et laissa filer sa fille en la suivant du regard. Devant la porte de sa chambre, Maïna interrompit sa course, hésita un instant. Une question au sujet de sa mère, pensa Domingo. Elle se retint. Le moment était mal choisi. Son père semblait fatigué.

Assise en tailleur sur son lit, elle ouvrait son *Max et Lili*, le refermait, s'allongeait, fixait le plafond, s'asseyait de nouveau. Rien n'y faisait, Maïna n'arrivait pas à se concentrer. Dormir, encore moins. Elle était triste. C'était comme ça les jours de dispute. Le jour d'après dissiperait un peu sa tristesse. Les adultes appelaient ça la « gueule de bois ». Ou peut-être s'agissait-il d'un sentiment d'après fête. Bizarre de faire la gueule après une fête, pensa-t-elle. Encore une contradiction qu'elle n'arrivait pas à comprendre.

Comme tous les jours de la semaine, Maïna se leva en même temps que Domingo. Il restait un morceau de pain. Il lui prépara consciencieusement trois petites tartines grillées et se contenta de boire son café. Une fois le petit déjeuner terminé, il l'embrassa, scruta son visage d'ange, la prit dans ses bras pour la réconforter. Elle en avait besoin. Et lui aussi. Il avait le cœur lourd. L'épisode de la veille avait laissé des traces. Son estomac le brûlait. En guise de pitance de fortune, il garderait cette maudite boule au ventre qui ne le quitterait que le soir venu, quand il retrouverait sa fille bien-aimée.

Il déposa Maïna à 7 h 55 à l'école Léon-Blum, la regarda franchir la porte à double battant et disparaître dans la foule d'enfants somnambules.

Il prit la ligne 14 jusqu'à la rue du Renard puis sauta dans le premier bus qui enjambait la rive gauche. Pendant le trajet, Domingo regardait les façades défiler. Quand le bus s'arrêtait aux feux, la vitre lui renvoyait son reflet. Un visage crispé par l'épreuve. Coupable de l'avoir aimée jusque dans sa sublime et outrageuse décadence. Après un bref arrêt, le bus redémarra. De longs traits gris foncé et noirs étiraient la route à l'infini. Sa vue devint floue. Jamais il n'aurait imaginé qu'elle perdrait pied à ce point. Il la voyait flotter entre deux eaux-de-vie, sortir la tête, inspirer une goulée d'air, et replonger inexorablement. Seulement quelques mois après leur rencontre, déjà Caroline avait montré des signes de faiblesse. Leur amour s'était consumé à la vitesse d'un feu de paille attisé par l'alcool. Il avait décidé de la quitter, mais déjà, Maïna était parmi eux.

Le bus marqua un nouvel arrêt. Sur le trottoir, un SDF à la barbe hirsute le regardait fixement. À sa droite, un tas de poubelles vomissant leurs ordures, deux cartons faisant office de matelas, une bouteille vide. *« Ça pourrait bien être toi à ma place. Suffirait qu'tu puisses plus payer tes factures, l'ami... »* Il chassa cette idée de sa tête. En dépit de fins de mois difficiles, il avait foi en sa capacité à faire bouillir la marmite. Caroline était à inscrire au passif du budget familial. Au rythme de ses dépenses, Domingo devrait bientôt travailler pour deux. Il pouvait vendre ses vinyles. Une vingtaine s'empilaient précieusement à côté de son gramophone. Un Berliner 1910. Il ôta la main de sa poche. Dix euros et vingt centimes. Il se plia, grimaçant, la peur de la rue logée dans son foie. Ça lui causait du mouron. Sûr, que ça lui en causait. *Faudrait que j'm'en occupe un jour, de ce putain de bide.*

Chapitre 3

Vêtu de ses habits de fortune, pantalon en toile bleu, vieux manteau noir, tête surmontée d'un panama qui lui donnait l'allure d'un agent secret, Domingo se tenait droit comme un piquet devant l'école. Seize heures vingt. Jamais une minute de retard. Idéalement, quelques-unes d'avance. Parfois, il devait quitter le chantier avant ses collègues. Notamment quand il travaillait sur la rive gauche de Rouen. Dans ce cas, à 15 h 45, il lâchait perceuse, étais, tréteaux et tout l'attirail du parfait maçon pour sauter dans le premier bus. C'est qu'il ne pouvait compter que sur lui. Il était le père et la mère à la fois et ne voulait pas laisser Maïna rentrer seule. En l'espace d'une seule année, deux de ses employeurs l'avaient remercié pour « son manque d'assiduité ».

Devant le crépi rose de l'école Léon-Blum qui lui rappelait la Casa Rosada, les commérages allaient bon train. Maryse Érard, la grosse Sylviannc Mermerais, et l'essaim des mauvaises langues propageaient la rumeur : « Sa femme est une ivrogne. » Elles trompaient le froid en dévisageant Domingo, tournaient la tête, encore et encore. Ses habits, son visage portaient les stigmates d'une vie triste et misérable. Une louchée de faits divers sordides pour compléter l'effroi mondain, avant de passer aux thèmes secondaires toujours évoqués avec une égale gravité : les impôts, le ménage, le repassage, les courses, le tarif de la cantine qui ne cessait d'augmenter, le mari infect, les gosses insolents, difficiles à occuper, à calmer, à coucher, à gérer, etc. Puis, comme résolues à reprendre du bon temps à peu de frais, elles interrogeaient notre homme : « Comment vous en sortez-vous, vous ?! » Et Domingo répondait en accompagnant son sourire d'un petit clin d'œil grivois tout en battant la semelle pour se réchauffer. La volée d'oiseaux tournaient la tête comme un seul, surpris d'une réponse si inconvenante et légère, marquaient une courte pause, et reprenaient en chœur la complainte des ménagères, jusqu'à la cloche.

Sur la pointe des pieds, Maïna se tenait sagement aux côtés de ses camarades, Marie, Louane et Emma. Domingo les connaissait toutes à travers les récits du soir. Les cris aigus des enfants recouvraient les piaillements blasés des parents. Domingo esquissa un sourire. C'était chaque jour une apparition miraculeuse. Au beau milieu des dizaines de têtes agglutinées devant le portail au barreaudage noir, Maïna souriait. Elle était la plus belle, la plus sage, la plus intelligente aussi. D'un coup, les ballons imprudents rebondissaient sur la route, les trottinettes fuyaient l'école en zigzaguant. Les couleurs vives de l'enfance, l'innocence reprenaient leurs droits.

Sur le trajet du retour, Domingo questionnait Maïna : les copains, la maîtresse, la discipline ?

« As-tu bien compris la maîtresse ? Tu n'as pas oublié tes livres ? Et ta poésie ? »

Ce qu'il est agaçant avec toutes ces questions, pensait-elle. Et lui l'était tout autant de devoir sans cesse lui tirer les vers du nez. Maïna sautillait, n'en démordant que très rarement ou l'interrogeant à son tour, silencieusement, dans un mélange d'insolence et de provocation. *Que me veux-tu, à la fin ?!* Domingo ne s'interdisait jamais un dernier assaut en évoquant ses copines, la cour de récréation, la nourriture à la cantine.

« Je ne me souviens plus », disait-elle, en fredonnant des chansons enfantines pour détourner son attention.

« Alors, tu vois que tu te souviens de trucs, puisque tu chantes... Comment elle s'appelle, cette nouvelle chanson ? protestait Domingo.

— Je sais plus...

— C'est pas grave si tu sais plus, invente ! »

Et Maïna exprimait son refus en semant son père, émerveillé devant tant d'espièglerie.

Avec ses collègues, les conversations se limitaient aux femmes, au foot, à l'argent. Le soir, il pouvait méditer sur les lancées soliloques alcoolo-absconses de Caroline. À choisir, il préférait écouter ses collègues. Avec eux, au moins, les sujets plus légers le faisaient rire. Des sujets qui les rapprochaient, notamment de Cruz, son compagnon de galère. Tâcheron de soixante ans, petit, allure de taureau en rogne, mais pas méchant pour un sou, la peau rugueuse, le front strié de rides profondes, les yeux jaunis par l'alcool et pochés de fatigue, l'homme était un peu allumé, surtout après l'apéro. « J'mets l'ambiance », disait le trompe-la-mort en faisant toutes sortes d'acrobaties pour amuser la galerie. « Pas besoin d'clamser pour mettre l'ambiance », tentait de le raisonner Domingo. Lui ne jouait pas avec sa vie. Il avait conscience de sa fortune. Une fortune de cœur qui valait toutes les autres. Et il était bien décidé à en profiter le plus longtemps possible. Elle lui faisait oublier la faim et les journées harassantes, l'incitait à s'harnacher, casque sur la tête et chaussures de sécurité, à s'éloigner du vide lorsque c'était possible. Tous n'avaient pas cette chance. Alors, quand venait la pause de 10 heures, chapelet en main, Domingo n'oubliait jamais de remercier Dieu de tant de privilèges. Et à midi, il en remettait une couche avec Jésus, Marie et Saint-Joseph, puis reprenait le travail sans broncher. Parfois, la pause se faisait attendre. Entre deux coups de masse, au pied des banches, surtout en hiver quand son corps glacé réclamait un peu de chaleur, il pensait à son petit ange et tout redevenait plus supportable. Il chantait aussi. Il chantait souvent. Ce qui lui passait par la tête. Roberto Carlos, son chanteur préféré. *La distancia, Que sera de ti, Jesus Christo*, etc. Il y mettait du cœur. Les chantiers regorgent d'artistes. Il trouvait toujours un ou deux collègues pour enrichir son *a capella* d'un chorus dissonant et de paroles graveleuses. Les encouragements, les insultes ou les deux à la fois jaillissaient des étages inférieurs. La fatigue ne les rendait pas tous bon public et un mauvais réflexe opposait parfois au chant un langage plus viril. Mais, l'œil au coquard, le front bleui par les échanges d'idées, Domingo chantait l'amour, encore et toujours.

*

Maïna montait l'escalier en colimaçon. Cinq étages, prenant les marches deux par deux pour échapper aux mains chatouilleuses de son père. Arrivés dans le vestibule, Domingo ôta le manteau de Maïna, l'accrocha à la patère.

« C'est tout ce que tu as fait pour qu'il te tape ? » lui demanda Maïna, révoltée devant ce coquard qui le défigurait. « On dirait qu'une poutre t'est tombée dessus !

— Tu crois que c'est si facile la vie d'artiste ? Que ça ne suscite pas de jalousies ? »

La vie d'artiste de Domingo, c'était ça. Une vie bringuebalée de scène en scène où parfois les tomates cognent comme des noix de coco et le public pogote au rythme des aciers qui claquent sous les grues menaçantes.

« Explique-moi, Papado, tu lui as chanté quoi à ce Pedro pour qu'il te tombe dessus ?

— Je devrais tout te raconter, moi ?

— Arrête, c'est pas pareil que l'école, là c'est plus grave...

— Admettons, la chanson parlait d'amour.

— Tu peux me la chanter ?

— Bien sûr, comment que je ne pourrais pas », dit-il avec sa grammaire approximative.

Et voici Domingo, stylo en main en guise de micro, chantant la cause de son petit accident de travail, omettant toutefois de traduire des paroles peu amicales adressées à son collègue.

*

Rougeoyante, la crevasse d'un centimètre de long le faisait souffrir. *Encore un truc à dire au médecin.* Domingo parcourut du regard ses dix gros doigts. Trop gros, pensa-t-il. Et il avait raison. Il aurait aimé avoir des doigts de pianiste. Ceux de Maïna étaient longs et fins. Elle les avait hérités de sa grand-mère paternelle. Lui n'était qu'un mauvais brouillon dans l'évo-dévo des musiciens. Il serra le scotch autour de son annulaire, puis s'assit devant le piano. Debout à côté, Maïna regardait les mains de son père d'un air attendri. Que cela devait être dur de jouer avec de si gros doigts, et sa peau épaisse fendue de multiples entailles. Elle colla avec douceur sa joue lisse contre sa barbe naissante.

« Tu joues quoi, Papado ? l'interrogea-t-elle.

— J'ai rêvé de cette mélodie », lui répondit-il en pianotant avec hésitation.

L'accord de *ré* majeur n'était pas naturellement triste, mais égrené en arpège et augmenté d'un *si* à la basse, il formait un tout mélancolique. Expérience aussi rare qu'étrange que de pouvoir prolonger ses rêves. D'un regard, il invita Maïna à l'accompagner.

« OK, mais *allegro*, je prends les aigus ! »

Les conditions posées, Domingo ajusta son pansement un peu trop serré tandis que Maïna s'installait sur le long tabouret recouvert de similicuir noir. Elle écouta son introduction, tenta de jouer la mélancolie avant de s'arrêter net.

« On avait dit *allegro*...

— Tu avais dit *allegro*, répondit Domingo.

— Et tu n'avais pas refusé...

— Bon, bon, eh bien, jouons le début *amoroso* et la fin *allegro*.

— Papa, tu as déjà vu quelqu'un sauter d'une humeur à l'autre comme ça ?

— Et pourquoi pas ? L'amour rend imprévisible et joyeux.

— Je ne m'en étais pas aperçue, je pensais que ça rendait triste, lui lança-t-elle.

— Et on n'est pas d'humeur constante », opina Domingo sans relever l'évidente allusion.

« Peut-être, mais changer d'humeur d'une seconde à l'autre... C'est bizarre, non ? Elle est comme ça, ma maîtresse... Elle est gentille et la seconde d'après elle crie sur tout le monde ! »

Finalement, pour ne pas contrarier « Papado », comme elle l'appelait affectueusement, Maïna reprit la mélodie. Ses doigts sautillaient avec légèreté. Tous deux aimaient cet exercice quotidien d'improvisation. Une évasion à bas coût. Et même si, une fois franchi le petit vasistas en musique, ils n'étaient pas toujours d'accord sur la direction à suivre, on les surprenait souvent pérégrinant loin de leur grenier exigu, partageant de vastes espaces sauvages : une jungle, une île, un désert aride, une nuit profonde et mystérieuse. Si peu suffit quand on est musicien, lui disait Domingo : une flûte, l'harmonica de pépé Salvador que Maïna n'avait pas connu et dont le souvenir arrachait à son père des larmes de tristesse chaque 23 février.

Ce piano noir emprunté à l'épiderme des forêts, au vernis brillant, qui reflétait leurs visages anachroniques, était leur billet pour ailleurs ; une chance extraordinaire, une place exigeante, un talisman sacré. Domingo faisait partie de ce voyage depuis qu'au coin du feu, un compagnon d'infortune lui avait tendu une vieille guitare en épicéa couleur pain d'épice. Le manche était voilé et les cordes frisaient, mais elle s'était révélée une arme redoutable contre l'appel de la rue qui avait happé nombre de ses amis d'enfance : Titi, Pablo, Miguel dit « le serrurier », Ernesto et tant d'autres. Domingo ne les comptait plus, ceux du Barrio Norte, assassinés, disparus ou, pour les plus chanceux, en séjour longue durée tous frais payés à « El Presidio », prison au luxe spartiate située à Ushuaïa, tapissée de criminels en tout genre.

Bien qu'il dût beaucoup à cette guitare, il l'avait mise de côté en découvrant, le jour de son emménagement, un vieux Pleyel abandonné par le précédent locataire. Une quinzaine d'années de pratique du piano lui permettait de montrer la voie à Maïna. Au moins pour quelques mois encore ; le temps de trouver un professeur à la hauteur de son insatiable soif d'apprendre.

Elle avait débuté spontanément à l'âge de trois ans. D'un œil distrait, l'oreille amusée, elle regardait son père jouer en pestant. Il reprenait, obstiné, les mêmes mesures, encore et encore. Les touches blanches et noires s'enfonçaient puis réapparaissaient dans un jeu de cache-cache effréné. Les mélodies s'enchaînaient, empreintes d'humeurs variées, tristes, gaies, ou même les deux à la fois. Les émotions primaires, a priori non miscibles, pouvaient se mélanger à l'infini, parfois dans une apparente contradiction. Comme un ventre plein pouvait avoir faim ou des yeux, pleurer de joie.

Quand les notes s'obstinaient à le martyriser, Maïna replongeait pudiquement le nez dans ses contes d'enfant. Mais elle ne s'éloignait pas, bien consciente que sa seule présence suffisait à l'encourager. La difficulté surmontée, Domingo lui lançait un petit sourire de satisfaction.

*

Un jour d'automne où les rayons du soleil inondaient la pièce de nuances orangées, la petite Maïna, sagement assise, genoux ramenés contre son torse, le corrigea de sa voix douce :

« C'est un dièse... »

Domingo crut que son oreille lui jouait des tours. Au point qu'il lui demanda de répéter.

« Ton *do*, c'est un dièse », lui dit-elle nonchalamment, avant de se replonger dans la lecture de *Max et Lili ont volé des bonbons*.

Des yeux de poisson pris dans les pleins phares d'une voiture la fixèrent. Maïna, l'air excédé, se leva puis commença à lire la partition à haute voix. Clé de *sol*, clé de *fa*, elle lisait sans la moindre difficulté...

Un père peu exigeant se serait émerveillé. Domingo se renfrogna. Ses paupières se fermèrent un instant sous le poids de la culpabilité. Comment avait-il pu passer à côté d'une si exceptionnelle faculté ? Il devait faire attention à ne pas gâcher son talent, faute d'attention, faute de temps. Ce temps précieux qui lui avait manqué pour apprendre, pour s'élever et s'arracher à sa condition, sa fille y aurait droit. Elle accéderait à la culture, à l'éducation, au sport, aux libertés dont le destin l'avait injustement privé, lui qui fut orphelin à douze ans, vite jeté d'un bleu de travail bouffant aux taches de ciment séchées.

Il se souvint. Sur les chantiers, sa voix mutante attirait les railleries. Tout jeune, « El Guapo », comme le surnommaient ses collègues à cause de son physique de star de cinéma, coudoyait déjà la haute et délicate société des ouvriers de Buenos Aires. Son exigence, son intransigeance parfois venaient de cette dure expérience de la vie, de son propre drame, qui lui avait enseigné que les absents, les âmes bienveillantes des morts, ne nourrissaient pas, ne protégeaient pas, n'éduquaient pas. Il ne leur en voulait pas de ne plus être à ses côtés. Mais il s'en voudrait de ne pas être toujours là pour sa fille ; pour la guider, l'éveiller, vivant, éternel, et éloigner le mauvais sort : bête sauvage qui s'acharne sans vergogne. Le malheur est un étron pressé qui saute parfois de génération. Il suffit de le vouloir très fort.

La décision fut donc prise. Chaque jour, il lui apprendrait ce qu'il savait de la musique ; c'est-à-dire assez peu de choses. Un mur immense se dressait devant lui, montait haut, assombrissait son visage où se disputaient doutes, angoisses, peur d'échouer. Domingo se crispa. Il avait appris la musique comme ça, comme on respire, sans autre ambition que celle d'adoucir son quotidien ; sculptant à l'instinct, à l'oreille, à l'envie, avec plaisir, avec honnêteté. Il sentait la musique vibrer en lui, elle était faite de Nylon, de chair et d'acier convolutés, elle exhalait autour de lui l'espérance, ses peines, ses émotions, ses sentiments.

Il lui fallut quelques jours : le temps de digérer sa faute. De petites voix lui soufflaient qu'un professeur de piano devait connaître toutes les subtilités du solfège, d'autres, cadeau de sa foi, l'encourageaient. Et la pression retombait un peu.

Il posa sur le pupitre une méthode pour débutant de niveau trois. Maïna se révéla plus douée qu'il ne l'avait imaginé. Elle avoua, tête basse, qu'elle jouait souvent en leur absence.

« Tu joues quoi, *exactamente* ?

— Je joue les saisons, les paysages, l'hiver, la neige qui tombe sur les toits des maisons. Je joue Mimine, le chat de Mme Ponchelle, les animaux sauvages, la vache qui tombe amoureuse d'un moineau indifférent, l'orage qui gronde et me fait peur. »

Elle sentait la musique comment on sent les fleurs au printemps ou l'odeur de l'herbe coupée.

Un jour, il fut question de coucher en musique un thème sorti d'un rêve. L'occasion méritait d'y consacrer un peu plus de temps et d'application. L'improvisation devint un vrai exercice de composition, précis, réfléchi, pesé. L'imagination de Maïna était fort prolixe et Domingo, obnubilé par les « formats musicaux » tenait à limiter drastiquement la durée des morceaux.

« Stop, *mi amor* ! Il est temps de conclure, non ?

— Pourquoi maintenant ?

— Eh bien, parce que ça fait une demi-heure qu'on tourne en boucle... Un morceau ne peut pas durer tout ce temps... »

Après de multiples modifications et de difficiles négociations, un consensus fut trouvé, et la touche finale à cette œuvre unique et exceptionnelle (comme toujours aux yeux de Domingo) fut apportée et scrupuleusement retranscrite en guise de petit exercice théorique.

Maïna remit la copie à son père qui la corrigea puis, un air d'incompréhension et de révolte dans le regard, elle revint sur cette sombre histoire de force invisible qui obligeait les musiciens à jouer en respectant certaines contraintes.

« Et pourquoi pas ?! » lui demanda Maïna d'un air contrarié.

« Pourquoi pas quoi ?

— Bah, pourquoi on ne pourrait pas jouer notre musique complètement libre ?

— *Es así mi amor, es así*... En musique comme dans la vie, il y a des codes, des règles qu'il faut respecter. Un morceau porte un nom, est constitué de notes et d'accords qui sont liés par les lois de l'harmonie. Regarde, par exemple, dans les chansons, il y a des couplets, puis vient le refrain et encore le couplet, etc., et entre les deux, il y a des phrases transitoires... mais pas toujours... *Es así*... Pour les écrivains, c'est pareil. Les paroles d'une chanson comme celles d'une poésie, ça rime, les mots finissent par les mêmes syllabes, un vers sur deux, ou trois, *es así*... »

La remarque de Domingo lui déplut profondément. *Pourquoi être musicienne si c'est pour perdre sa liberté ?*

« Bon », dit Domingo, qui devina sur son visage que son explication ne l'avait pas entièrement satisfaite, « comment on va l'appeler, ce morceau ? »

Après un bref instant de réflexion, Maïna lui suggéra l'idée.

« Quand elle sera terminée, elle s'appellera *Tycho*[2]. Mais pour l'instant… elle ne l'est pas !

— Elle ne l'est pas ?

— Non, pas tout à fait, il faut revoir la fin…

— Et pourquoi faudrait-il revoir la fin ?!

— Tu en fais des tonnes, papa, on pourrait terminer en finesse, non ?

— Oui, mais comme ça », fit-il en jouant des basses appuyées à la façon d'un roulement de tambour, « ça finit en apothéose… Je vois l'orchestre symphonique… »

Tandis que Domingo feignait la transe, yeux fermés, traits détendus, visage illuminé, Maïna le considérait d'un air réprobateur. Elle n'avait pas toujours le dernier mot, malheureusement…

---

2. Par un improbable concours de circonstances, j'ai réussi à mettre la main sur cette partition. Vous trouverez sur ma chaîne YouTube la musique de *Tycho*. Cette interprétation est naturellement bien en dessous de celle de notre héroïne et de son père…

Chapitre 4

Venons-en au jour du drame.

« Ton père est comme tous les autres… Il a eu ce qu'il voulait alors il décampe aussi sec. C'est ça les hommes, ma fille, des lâches. Tous des lâches. Cette ordure a dû trouver une jeunette qui lui a tourné la tête. Et il nous laisse choir sans prévenir. Ordure, que j'te dis. Y a pas d'autre mot. Et qu'est-ce que je fais, moi, avec toi ? Qu'est-ce que je fais, hein ?!

— Je sais qu'il va revenir, papa », protestait en larmes Maïna, poings serrés.

« Non, il ne reviendra pas. J'peux te le garantir. Ahh, j'm'en doutais… On fait quoi maintenant ? On a pas une thune. Comment qu'on va bouffer ? J'te l'dis, on va déguster toutes les deux. Parce qu'on est logées à la même enseigne, ma vieille.

— Arrête, maman…

— Tu vois, la petite précieuse, tu vaux pas mieux qu'moi maintenant. Il t'a abandonnée pareil ! Ouais, pareil ! Ma sœur me l'avait dit que c'était qu'un bon à rien…

— Arrête, s'il te plaît, tata Élisabeth n'aurait jamais dit ça…

— … Qu'il était bon qu'à empiler des parpaings ? Ah, ce doux rêveur, qu'elle disait, il se prend pour un artiste… un raté, immature ! Sûr qu'elle le disait, tout le temps, même !

— Mais qu'est-ce qu'on va faire sans lui, maman ?

— Qu'est-ce que TU vas faire ! J'en sais rien, moi, ma p'tite, j'ai ma vie, MOI ! Et pas question que j'fasse du baby-sitting. Alors tu te débrouilles, comme moi à ton âge ! »

Aiguisés comme des lames de rasoir, les mots formaient un escadron d'insultes incessantes. La Terre entière en prenait pour son grade. À commencer par les factures impayées, le tas de poussière dans le vestibule, l'assiette en porcelaine aux traces de mayonnaise récalcitrantes, Maïna, Domingo, les hommes, tous les hommes, mais aussi ses propres parents dont il était difficile de comprendre ce qu'elle leur reprochait exactement et qui, plus morts que vivants, ne pouvaient plus trop se défendre. Entre deux salves, elle gobait un Prozac ou deux. Au sixième, elle finirait par tomber. Allongée, l'âme en peine, Maïna comptait, tentait de se convaincre que tout cela n'était qu'un cauchemar. Qu'à son réveil, tout rentrerait dans l'ordre. Son père ouvrirait la porte de sa chambre pour la serrer dans ses bras. Il la chatouillerait à lui arracher d'incontrôlables rires. Mais au fond d'elle, elle savait que ça n'arriverait pas. Sa respiration devint difficile. Elle ne pouvait plus encaisser. Elle s'enfonçait dans l'abîme. D'un réflexe de survie, son cerveau décida de fermer les écoutilles. Juste avant le sixième Prozac. Pas de réunion en haut lieu, d'assemblée générale extraordinaire, de conciliabule ; il y avait urgence ; sauver sa peau. Dorénavant, plus aucun son ne passerait le pont-levis.

Sa mère — lèvres tordues crachant des mots qui se perdaient dans la pièce sans jamais trouver le chemin jusqu'aux oreilles de Maïna — continuait à délirer. Le cerveau de la petite fille avait organisé l'évasion. Elle devait fuir ce monde injuste, ce foyer de flammes fuligineuses, fuir la douleur, fuir sa mère et son interminable et dramatique pantomime. Les larmes roulaient sur ses joues. *Papa ne m'a pas abandonnée. Il m'aime. Papa ne m'a pas abandonnée. Il m'aime. Tous les jours, il me le disait. Jusqu'en haut d'un brin d'herbe et parfois jusqu'aux étoiles*. Elle commença à manquer d'air. *Papa ne m'a pas abandonnée. Ça n'est pas possible.* Son cœur s'emballait. Son souffle aussi. Surchauffe émotionnelle. Urgence absolue. Le système auditif avait disjoncté, mais ça n'était pas suffisant. L'ordinateur central décida de tout éteindre, le temps d'une courte nuit. Une nuit que Maïna n'oublierait jamais.

Chapitre 5

De cette première semaine ne restait qu'un trou béant dans sa mémoire. La police interrogea les voisins, l'employeur, puis éclaira Caroline sur l'implacable réalité statistique des disparitions d'adultes. En des mots simples, le barbu, pistolet automatique à hauteur du front de Maïna, lui dit, ignorant qu'elle était sourde comme un pot :

« Il reviendra peut-être un jour. Mais peut-être qu'il ne reviendra pas, on ne peut pas savoir. »

Tête levée, elle regardait les lèvres bouger. Toutes sortes d'hypothèses lui traversèrent l'esprit. Papado était mort. Tué par un fan, comme John Lennon. Ou dans un accident, la voiture réduite en boule de métal sanguinolente au fond d'un ravin. Elle écarta le suicide. Impossible. Son père était un homme joyeux. Et il l'aimait. Une pensée noire et fugace lui vint à l'esprit : la mort est préférable à l'abandon. Car dans « abandon » il y a « trahison ». Et l'abandon est un crime, un silence qui s'étire à l'infini.

La semaine suivant le drame, Maïna ressassait les conversations qu'elle avait eues avec son père. Rassembler ses souvenirs lui permettrait peut-être de comprendre. Il ne pouvait s'agir que d'un rapt. De toute urgence elle devait en parler au policier à longue barbe. Une armée de policiers armés jusqu'aux dents irait sauver son père. Elle décrocha le téléphone, oubliant qu'elle était devenue sourde, mais aussi muette comme une carpe. Au bout du fil, personne ne répondait... Elle enfila son jean en toile élastique, son tee-shirt et courut jusqu'au commissariat, dans le bas de Déville-lès-Rouen. Il fallait faire vite. C'était peut-être une question de temps avant que son père ne manque d'eau et de nourriture.

Il était 11 heures ce lundi matin quand le flic à l'accueil appela son collègue.

« Mon père a été enlevé », voulut-elle dire, mais rien ne sortait. Elle sentit ses joues s'empourprer et les larmes monter.

Simon Declercq la prit par la main. Affichées sur le mur du couloir, les photos des personnes recherchées. Aucune trace de son père. Devant la porte du réfectoire, l'odeur de café accompagnait les récits du week-end. Les rires sourds sortaient des gorges déployées. La disparition de Papado n'entamait pas le plaisir manifeste qu'avaient les trois collègues du barbu à entamer une nouvelle semaine de travail dans la bonne humeur.

« Assieds-toi, Maïna. Comment se fait-il que tu ne sois pas à l'école aujourd'hui ? » écrivit l'inspecteur sur une feuille.

Elle voulut dire que son père avait été enlevé, mais une fois encore rien ne sortit de sa bouche.

Cinquante-huit ans, trois mutations, la dernière pour insubordination et impéritie, des cadavres et des disparus plein les placards, l'inspecteur ne manquait pas de cœur, mais c'était à peu près tout ce qu'il avait. Sa longue expérience de terrain qui forge parfois de bons flics, dans son cas, avait encrassé sa cervelle de préjugés. Les affaires de ce genre étaient une perte de temps. Tout était perte de temps. Rien n'était vraiment grave.

Il scruta son visage, adopta un air attendri. La petite ne parlait pas. Elle devait être impressionnée et encore sous le choc.

« Je te l'ai déjà dit, Maïna. Tu sais, les hommes, parfois, décident d'ouvrir une parenthèse dans leur vie. Quand ils traversent des difficultés, ils partent quelque temps, histoire de décompresser. C'est un peu comme des vacances, tu comprends ? Ton papa avait peut-être besoin de vacances... Surtout qu'avec ta maman... enfin... tu sais... »

Maïna regardait ses lèvres bouger et comprit qu'elle n'obtiendrait rien de cet homme-là à part sa moue désolée, ce sourire jauni par le tabac et son haleine douteuse.

De retour chez elle, elle chercha une photo de son père. Comment les policiers pourraient-ils le retrouver sans savoir à quoi il ressemblait ?! Elle retourna tout ce qui pouvait se retourner. Les tiroirs, les coussins, les coins et les recoins. Elle n'en trouva qu'une seule, entre deux pages du *Comte de Monte-Cristo*, son livre préféré. Il bronzait torse nu sur une photo en noir et blanc. La plage déserte s'étendait à l'infini. Elle se demanda où cette photo avait bien pu être prise. Son profil mettait en valeur ses muscles saillants. Mais son visage tourné vers l'horizon échappait à l'objectif. Les yeux de Maïna ne pouvaient se détacher de cet homme qu'elle aimait tant. Elle posa sa photo sur le pupitre du piano, s'assit sur le tabouret, posa ses doigts sur les touches, mais ne parvint pas à les enfoncer. Elle n'en avait pas la force. Il était encore trop tôt. Subitement, elle se dit que ce piano habillé de la couleur du deuil ne faisait pas honneur à la mémoire de son père. Et même si elle n'avait pas envie de jouer, elle ne voulait pas non plus quitter ce siège, porteur de tant de merveilleux souvenirs. Alors elle saisit la boîte de peinture qui se trouvait sur la petite étagère, face à elle.

Les tubes se vidaient les uns après les autres, formant de longues vagues aux multiples nuances de jaune, de vermeil, de vert et de bleu. La représentation était étrange. Les traits de pinceaux s'étiraient en des dizaines de lignes indépendantes ponctuées de soubresauts et de cercles concentriques. Quand Caroline découvrit cet horrible chef-d'œuvre, son sang ne fit qu'un tour. Et Maïna eut à peine le temps de poser le pinceau que déjà les coups pleuvaient sur son corps recroquevillé. « Tu vas me rembourser le piano », criait sa mère, entre autres douceurs. Les cris et les coups alertèrent un passant, qui s'arrêta net en tendant une oreille inquiète. Jérôme était un jeune homme d'environ vingt-cinq ans qui avait rejoint la marine marchande pour fuir les coups de son père, pensant que l'océan pouvait diluer ses traumatismes. La brève escale au port de Rouen lui permettait de faire un saut chez son ami d'enfance. Fort de sa douloureuse expérience, il comprit immédiatement quelle scène se jouait derrière les murs de cet immeuble. Jérôme l'aurait traversé s'il avait pu. Il se contenta de gravir les marches quatre à quatre. C'est peut-être le courage de ce héros ordinaire qui sauva la vie de Maïna ce jour-là. Elle vit l'inconnu, jailli de nulle part, s'interposer avec la fermeté et l'assurance d'un chevalier. Direction le commissariat puis le centre médico-social, route de Dieppe à Déville-lès-Rouen.

Lèvres retroussées, prête à mordre, Mme Dehonte des services sociaux n'était pas du genre à plaisanter. Cette fois, l'inspecteur Declercq, sous pression, prit les choses en main. S'évitant les graves poursuites dont elle pouvait faire l'objet, Caroline accepta que Maïna fût placée à l'orphelinat de Giel.

Voilà comment, en l'espace de quinze jours à peine, Maïna fit le grand saut, passant d'une vie de petite fille à peu près normale à celle de quasi-orpheline.

*

Sous le cloître ombragé se découpait une photo pieuse : celle de Caroline faisant une génuflexion devant Maïna. Il s'agissait pourtant d'un simple au revoir. Maïna pourrait, si elle le souhaitait, voir sa mère les week-ends. Caroline l'embrassa à la façon dont on embrasse un problème diablement difficile à résoudre puis partit sans jeter un seul regard en arrière. Maïna tint bon jusqu'à la disparition de sa mère, derrière les platanes, avant de s'effondrer en larmes.

Chapitre 6

De la taille d'un basketteur américain, il rebondissait en faisant de longues enjambées comme si tout son être tentait de s'arracher à la pesanteur. Ses doigts tentaculaires enroulaient un grand verre d'eau qui prenait dans sa main des proportions de dé à coudre. Mickael Popov était le directeur de l'orphelinat. Géant chaussé de péniches blanches Le Coq Sportif. Le quadragénaire au visage émacié, jovial, front haut, cheveux huileux invita Maïna, d'un geste de la main, à sécher ses larmes et à le suivre jusqu'au dortoir. Très vite une odeur âcre de transpiration lui monta aux narines. Le match a dû être très disputé, pensa la petite fille. Elle fit un pas de côté, quitta le sillon du directeur. L'air devint plus respirable. Un regard à droite. La cour de récréation était déserte. De temps à autre Popov se retournait, lui jetait un regard soucieux.

Dans le dortoir, deux rangées de lits en fer étaient séparées par un cheminement central d'un mètre cinquante. Au total, une trentaine de lits accueillaient les enfants jusqu'à leurs dix ans. Pour les élèves plus âgés, des chambrées de deux à quatre lits offraient une intimité attendue avec impatience. La capacité d'accueil de quatre cents élèves permettait aux enfants venus des quatre coins de la France de vivre une scolarité réputée rigoureuse. Un quart étaient orphelins. Les autres vivaient en internat par choix de leurs parents et les rejoignaient les week-ends, du samedi matin au dimanche soir.

Maïna rangea son sac à dos rose dans la petite commode individuelle, puis le directeur l'emmena jusqu'à son bureau, au rez-de-chaussée, où l'attendait assise une jeune femme d'environ vingt-cinq ans. Brune de peau et de cheveux, Élisa Bergoff lui fit un large sourire de bienvenue et lui posa un tas de questions par écrit, auxquelles Maïna répondait également par écrit, y ajoutant parfois des expressions et des mouvements de mains énigmatiques. Aidée de solides connaissances acquises tout au long de son expérience de professeur en langues des signes, Élisa parvint à déchiffrer tant bien que mal les réponses de Maïna. Les deux collègues échangèrent une expression inquiète. Une profonde détresse blêmissait le joli minois de la nouvelle venue.

La cloche sonna. Trois gongs qui firent trembler son être tout entier et jusqu'aux murs en brique de la vieille bâtisse. Maïna le savait. Les présentations avec sa nouvelle famille n'allaient plus tarder. Les dizaines de cris et de pas d'enfants résonnaient le long des vastes couloirs en brique. Effrayée, Maïna saisit la main de Mme Bergoff comme on saisit une bouée de sauvetage. La porte s'ouvrit. Une nuée d'insectes mue par un sens du déplacement grégaire s'assemblait inopinément, s'immobilisait, puis se dispersait sans raison apparente. Un minuscule moustique flottait en direction d'un bâtiment éloigné, un papillon monarque rejoignait un conciliabule, un criquet sautillait sans but, une abeille cessa brusquement son vol, fatiguée d'obéir aux ordres incohérents d'une reine invisible ; il y en avait même qui restaient assis ou allongés au beau milieu de la cour, obligeant leurs congénères encore débordants d'énergie à les enjamber.

Mme Bergoff accompagna Maïna jusqu'au préau, là où se tenait un groupe de trois adultes. La discussion s'engagea et Maïna se retrouva sans bouée, plongée dans cette eau glacée, d'où émergeaient des centaines d'yeux braqués sur elle. Poings serrés, frêle, Kickers roses aux pieds, engoncée dans son manteau crème, elle ne désirait qu'une seule chose : retrouver les bras de son père, ses livres, sa poupée Éléa, son piano qui portait désormais une robe légère aux couleurs bigarrées, et même les corvées de poubelle, de rangement, les devoirs, les disputes, la folie de sa mère.

La cloche retentit à nouveau. Les insectes grouillants adoptèrent subitement l'allure d'une horde de zombies. Pas lents, paroles étouffées, attirés par l'odeur de la pitance, ils s'agglutinèrent derrière la porte du réfectoire. Celle-ci finit par céder en dégageant des odeurs de pain chaud et de beurre persillé. Le flot d'affamés s'engouffra en maugréant.

Maïna se retrouva au bout d'une table de dix. Le petit Marc tenta une approche, puis Julie, puis Marie-Louise et encore Marc, mais tous se heurtèrent au mutisme de la nouvelle. Bientôt le malaise fit place aux sourires narquois et aux moqueries qui ricochaient d'œil en œil. La cruauté des enfants est parfois sans limites. Maïna était sourde et muette, mais elle n'était pas cruche. Elle plongea son regard dans l'assiette. Les patates sautées et une saucisse baignaient dans le beurre à l'ail. Ça n'avait pas l'air mauvais. Elle n'avait aucune envie de manger. Un nœud lui serrait les entrailles. Elle porta la fourchette à sa bouche, plusieurs fois, pour occuper l'espace, pour passer le temps ; abréger l'interminable épreuve ; faire comme les autres ; être comme les autres ; s'effacer ; s'envoler ; devenir un courant d'air ; disparaître dans les interstices du plancher, par la fenêtre, la claquer fort, leurs clapets avec, d'où nul son ne sortait ; partir loin et retrouver sa vie d'avant. Retrouver sa vie d'avant. Sa vie d'avant...

Chapitre 7

Assise sur son lit, la petite Martha lui donnait des « Ça va ? », « Tu vas te plaire ici », « C'est comme partout, y a des idiots ; beaucoup d'idiots, c'est vrai... peut-être même plus qu'ailleurs... c'est vrai aussi... mais y sont pas si méchants au fond ». Ses mains douces et chaudes caressaient le visage et les joues humides de Maïna.

La première semaine ou peut-être le premier mois, les premières nuits, premiers cours, premiers tout ne furent que froid, obscurité, supplications. Quitter ce lisier de tristesse et de solitude noire, ce miasme qui frappe au cœur, telle une terreur masquée, impitoyable. Quitter tout. Tout !

Et puis un jour, l'automne. Un souvenir fugace. Maïna dira dans ses mémoires qu'elle fut sauvée par la pluie. Elle était au milieu du troupeau. Son professeur de sport, M. Chevalier, corps athlétique d'un mangeur de hot-dogs, avait décidé que ses élèves iraient courir sous la pluie. Beaucoup protestaient, hostiles autant à l'eau qu'à l'effort. Quatre tours de terrain, sans s'arrêter, oui oui, sans S'AR-RÊ-TER !

Les élèves formaient un groupe serré pour se protéger de l'inévitable, comme des veaux. Un pied massif écrasa l'orteil de Maïna. Elle tira d'un coup sec et reçut en retour un coup d'épaule qui la propulsa en avant. Le mur de chair à l'odeur sombre de camphre la rejeta en beuglant. Sa tête toupillait autour de ses souliers immobiles. *Je dois trouver une sortie.* Il lui fallut quelques secondes pour retrouver un peu de stabilité. Elle sautilla pour se réchauffer et sauver ses pieds. Le troupeau s'agita. Sur le côté, une porte ronde, organique, s'ouvrit, laissant apparaître de fines gouttes de pluie qui capturaient la lumière laiteuse puis la réfractaient en mille éclats. Des feuilles jaunes et orangées tourbillonnaient dans le vent froid. Une samare se fraya un chemin jusqu'à se poser dans la paume de sa main. Elle la glissa dans sa poche pour la sauver des semelles impitoyables et du sol boueux. Qu'attendaient-ils, tous ? Le professeur donnait probablement ses consignes. Son ouïe était réduite à des suppositions. Maintenant ! Elle referma sa main et s'extirpa du piège, tête en avant, parcourut quelques mètres, visage levé vers le ciel, bouche grande ouverte, accueillant avec bonheur les filets d'eau qui ruisselaient sur sa langue et sur sa peau jusque sous ses vêtements mouillés. Chevalier partit à sa poursuite en gesticulant. Ses doigts tendus de marionnette à fils tiraient frénétiquement sur ses propres genoux, sur ses propres lèvres, leur donnant un aspect colérique. Le troupeau n'en revenait pas. L'acte de désobéissance et d'effronterie était à mettre sur le compte de la folie. Saisissant. Depuis les ventres pleins des nuages menaçants, un éclair, à prendre très au sérieux, suivi d'un grondement de tonnerre qui suffit à chasser la colère du professeur. Il fallait se mettre à l'abri. Mais Maïna n'en avait cure et volait aussi vite que possible, puis planait, dessinant de longues et imprévisibles courbes, bras écartés. Si son père était encore en vie, il se trouvait là, au bout de l'une de ces courbes, caché par un nuage, ombre fugace, rideau de pluie rafraîchissant qui l'embrassait et lui intimait de vivre pour deux.

Tous les mercredis et vendredis matin, c'était cours de musique avec le professeur Jean Charrier.

La question de la présence de Maïna pendant ces trois heures avait posé à Popov un véritable cas de conscience. En concertation avec la principale intéressée et contre l'avis de Charrier, il avait été décidé qu'elle y assisterait. Le chemin de la résilience est long et sinueux, mais il peut s'emprunter de toutes les manières : à reculons ou en courant, en pleurant ou en chantant, avec ou sans couleurs. Ce point de vue, le directeur le lui avait écrit sur une feuille de papier. Puis il avait achevé son conseil en appliquant par surprise un petit point de peinture jaune sur le bout de son nez. Maïna avait souri, puis s'était essuyée timidement. Charrier avait voulu protester, mais le directeur était déjà parti.

Tandis que Martha Trouvé[3] et la petite Marie-Louise Delabare la couvaient d'un air attendri, que d'autres affichaient leur indifférence, Marc Pommier, intelligent comme son pied bot, encouragé par Hidosa Charrier, la fille du professeur de musique, ne pouvait s'empêcher de la prendre pour cible. Beau garçon, de sa houppette à sa cheville, d'une intelligence commune, d'une expression orale aisée, il était difficile de trouver l'exacte origine de sa bêtise. Considérons donc qu'elle provenait de son pied.

Marc lançait toujours les hostilités en premier. Joues exagérément gonflées, le petit malin s'approchait de Maïna, faisait semblant de souffler dans sa flûte sans en sortir le moindre son… Provocation qui rendait folle de rage Martha. Maïna baissait les yeux.

« T'entends, y a un bouchon dans ma flûte, lui lançait-il, narquois.

---

3. Nom qui servait, faute d'imagination, à désigner les enfants trouvés.

— Arrête, t'es pas drôle ! » protestait Martha, qui ne manquait jamais de prendre la défense de sa petite protégée.

Ragaillardi par les rires de ses complices, Pommier poursuivait en démontant sa flûte, suivi par Hidosa et Théodor Coudray, puis ils la remontaient et, joues gonflées, faisaient mine de souffler de toutes leurs forces. Spectacle qui s'achevait par des imitations de singe, mains sous les aisselles.

Le petit jeu durait depuis des semaines et Charrier détournait le regard. Le petit groupe de cancres — à l'exception de sa fille — et la petite handicapée — qui n'avait rien à faire dans son cours de musique — étaient de toute façon perdus, alors... à quoi bon ?

C'est Martha qui, ce jour, mit un terme au petit numéro de cirque. Charrier s'agaçait.

« La troisième mesure, plus lentement ! »

Il y avait un spectacle de fin d'année à préparer. La vingtaine d'élèves s'apprêtaient à souffler dans le bec de la flûte, Hidosa attendait, mains sur les touches du piano. Toute l'attention du professeur, une main levée, baguette de chef d'orchestre entre les doigts, se portait sur les quelques élèves assidus dont faisait partie sa fille ; rare privilégiée à apprendre le piano.

Chose étonnante : ce qui est tolérable pour soi-même peut être intolérable lorsque cela concerne ceux qu'on aime. Ce jour-là, donc, Martha était à fleur de peau. Elle aussi subissait quotidiennement les moqueries. Mais cette petite orpheline poliomyélitique avait un cuir d'éléphant et la main leste. Bien que se déplaçant difficilement, à cause de ses tibias en forme d'arc, elle bondit sans prévenir pour plaquer Marc à la façon d'un rugbyman. Les chaises volèrent et Marc se retrouva ventre contre le sol tandis que Martha lui secouait le toupet. La tête du petit malin allait de droite à gauche puis de gauche à droite et ainsi de suite. Ses cris de douleur figèrent la classe d'effroi. Solidement campée sur son dos, cheveux bien en main, Martha partit dans un interminable rodéo.

« AIDEZ-MOI, AIDEZ-MOI ! » hurlait Marc, livide, incapable de désarçonner la bête féroce qui alternait regard possédé et rire vengeur.

Quand Charrier releva Martha, la tête de Marc se souleva, et tout son corps avec. Suspendu en l'air, sa flûte toujours en main, Marc hurlait qu'on prévienne son père, sa mère et même la police. Il fallut toute la force du professeur pour venir à bout d'une tenaille grippée par la rancœur. Quand les deux furent séparés, Martha souleva triomphante la touffe de cheveux restée dans sa main. Marc palpa son crâne, horrifié. Il se tourna vers Hidosa. Hidosa, vers Théodor. Entendu ! Dorénavant, le triumvirat la jouerait fine...

Chapitre 8

Presque un an s'était écoulé lorsque Caroline franchit la porte de l'école. C'était en juin. Elle était accompagnée d'un bellâtre à la peau brune et aux cheveux longs. Le friselis de la brise entre les herbes hautes chuchotait sa mise en garde ; bruissement codé à l'adresse d'une touchante inflorescence pour annoncer l'approche de dangereux prédateurs. Maïna frissonna. Peut-être était-ce cela, le fond de l'histoire, une pollinisation, rien de plus, sans obligation de porter le fruit à maturité. Sa mère était une abeille sans nid, son père une fleur au grand cœur. Et elle, dans tout ça ? Une prune ou peut-être une pomme, qui grandissait dans cet arbre à l'écorce de brique et de ciment, planté au milieu de ce vaste champ de blé ? Caroline embrassa Maïna en empruntant à une mère aimante l'air réjoui et soulagé. Mais le vrai soulagement était de ne jouer ce rôle que pour quelques instants. Confidence qu'elle fit à Mike (qui ne trouva rien à y redire). Caroline tapota sa montre.

« À Dieppe, il y a — dit-elle à bichon — un restaurant de moules qu'une amie m'a conseillé. »

La visite promettait d'être expéditive. L'étreinte postiche enveloppa de Cologne la petite fille, petit poteau de bois raide et froid. L'haleine de sa mère fleurait la clope et le café tiède. Maïna fit un pas en arrière. Elle aurait dû se réjouir, plonger sa tête d'enfant entre ces mamelles nourricières ; téter goulûment, reprendre force et confiance en l'avenir. Pourtant sa réaction fut inverse. Elle sentit que sa mère n'avait rien à lui dire ; rien à lui annoncer ; rien à lui apporter. Rien de rien. Elle était parvenue jusqu'ici poussée par une sorte d'obligation. Une corvée. Comme une lettre recommandée appelle son destinataire, ou la carie son dentiste. Maïna devait fuir. Son instinct le lui hurlait. Le sifflement approchait dangereusement. *Déguerpis ! Fuis l'obus, l'odeur gravide de la terre boueuse et des chairs en putréfaction. Saute dans un trou, sauve ta peau et ce qui reste à sauver de ton passé. Sauve la mémoire de ton père enveloppée d'une pluie d'étoiles et aussi tout ce qui te semble futile, mais qui compose le fil inaliénable de ton histoire. Desserre ce nœud à ton ventre ; fuis ce visage bouffi par l'alcool, le blanc de ces yeux jaunis soulignés au crayon gras, ces lèvres rouge sang, cette allure désinvolte à l'odeur de lait caillé.* Voilà comment Maïna sauva Éléa, sa poupée borgne aux cheveux d'or, aux membres hyperlaxes ; sa chambre avec un coin jouets odeur de craie, aux couleurs pastel, ses livres *Martine*, *Max et Lili*, *T'choupi* qu'elle avait lus et relus, inlassablement, son premier « Bibliothèque verte » — *La Petite Fadette* — que Domingo lui avait offert avant de s'évaporer et qu'elle n'avait pas eu le temps de commencer.

Que les plus charitables d'entre vous qui pensent qu'à toute faute, circonstances atténuantes, qu'*on est comme on est,* soient rassurés : Caroline ne perdit aucun point ce jour-là, car elle n'en avait déjà plus. Zéro, la mère. Zéro pointé. Maïna était d'une nature indulgente. En dessous de zéro, pas de haine, de rancœur ou, pire encore, de pitié : l'oubli. Non pas l'oubli de son passé, de cette absence impardonnable qui la plongeait dans une tristesse hadale. L'oubli qui tue. L'exécution par amnésie, pour s'épargner, pour avancer.

Caroline remarqua l'attitude distante de sa fille. Elle rattacha ses cheveux, boutonna nerveusement son imperméable. Des gestes que l'on fait parfois pour combler les vides et qui les font résonner davantage encore. Le vent se leva en sursaut, gonflant les nuages noirs. Le corps fluet et flétri de sa mère hésita. Fallait-il se mettre à l'abri ? Expression d'inquiétude désuète à travers un linceul, flots de mots vides d'émotions, désormais inoffensifs, morts. Caroline entrouvrit la bouche puis la referma. Elle ne s'était pas donné la peine d'apprendre le langage des signes. Elle tendit à Maïna un crayon et une feuille de papier. Tout n'était peut-être pas perdu. Les liens du sang ne sont-ils pas sacrés ? Le crayon et la feuille lui revinrent en boomerang sous la forme d'un regard impavide.

« Qu'est-ce que je fais là, au milieu d'orphelins, d'enfants qu'on n'aime que les week-ends ? Quelles démarches as-tu entreprises pour retrouver mon père ? Pourquoi avoir attendu si longtemps avant de venir me voir ? Qui est cet homme qui se tient là, à la place de papa ? »

Puis elle acheva d'une demande à laquelle, dans sa grande naïveté, sa mère ne s'attendait guère :

« Ne reviens plus jamais me voir. »

Caroline, souffle coupé, récupéra fébrilement son stylo, resta un instant plantée là, un peu gauche, un peu perdue, un peu désolée, un peu agacée par l'accueil. Elle aussi devait fuir. Fuir, le plus loin possible de cette fille devenue handicapée et comptable de ses fautes. Dans les yeux de Maïna, elle ne voyait plus que le reflet de sa trahison. Une trahison éhontée, sans rouge aux joues. Rougir est le symptôme visible de la honte. Elle était blême. Elle avait peur. Peur de devoir renoncer à la vie qu'elle avait choisie. Peur d'affronter ses démons. Le mirliflore, tellement infatué de sa pourriture de bonne femme, tourna la tête, l'air mi-gêné, mi-impatient. Les étrangères se quittèrent ainsi. L'une soulagée, l'autre terrifiée. Caroline déclara quelques années plus tard que sa fille était la plus belle chose qui lui fût arrivée. Maïna partit sans se retourner, sans pleurer, cette fois-ci. Au coin du préau, son amie Martha, qui n'avait rien perdu de la scène, attendait en pleurant. Elle ne comprenait pas. Lorsqu'elle imaginait ses parents, une immense auréole fluorescente les portait vers les cieux. Ils étaient merveilleux, aimants, exigeants parfois, notamment pour les devoirs. Curieuse, elle interrogeait souvent les chanceuses, comme elle les appelait. Marie-Louise, Audrey, Mathilde lui racontaient comment se passaient leurs week-ends en famille. Mais alors, comment était-ce possible d'avoir une mère pareille ? C'est donc Maïna qui consola Martha...

« Ta mère n'était pas comme la mienne, j'en suis certaine. »

Elles se serrèrent dans les bras l'une de l'autre. Maïna l'entraîna vers la cuisine. Il fallait éplucher les patates. Hors de question de laisser son amie assumer seule. Elle en avait pris pour quinze jours. Le tarif, pour une touffe de cheveux.

La fin de l'année scolaire arriva. Le plus dur fut de voir l'école se vider. Les chanceux enlaçaient leurs parents tandis que ceux qui restaient derrière la fenêtre déglutissaient, gorge serrée, renvoyant vers leur petit estomac noué un goût amer de solitude. Maïna n'était pas jalouse. Il y avait un peu d'elle dans tous ces enfants heureux. Elle était juste nostalgique. Et puis elle n'était plus seule, il y avait Martha, Marie-Louise, Mme Bergoff, M. Popov, toujours disponible pour elle, et aussi tous les petits cons qui comblaient à merveille les espaces vides.

Les vacances scolaires se passèrent entre sport, lecture et peinture. Elle en remplissait des cahiers entiers. D'ailleurs, certaines de ses œuvres abstraites remportèrent un large succès auprès des professeurs et ornaient certains murs de l'école : deux dans le couloir principal, une dans sa classe, et même une dans le bureau de Popov, sans compter les autres, exposées dans des pièces moins honorifiques. Le directeur l'avait félicitée personnellement. « Tu es une brillante artiste », lui avait-il dit du sommet de sa montagne de muscles en pointant du doigt la peinture accrochée à côté du Christ.

Deux fois par semaine, le jeudi et le samedi soir, les enfants et les pions se retrouvaient dans le cinéma pour des projections de dessins animés ou de comédies. Tous devinrent incollables sur les films de Louis de Funès, Belmondo et Lino Ventura. Le mouvement des lèvres révélait désormais à Maïna tous ses secrets. Cela facilitait les échanges avec la plupart de ses camarades. Pas tous, évidemment. Marc, Jules, Hidosa et Julie s'inscrivaient toujours dans la colonne des vilains haineux prêts à tous les coups bas. Comme cette fois où, au moment du coucher, ils déposèrent dans son lit une crotte de chien.

Les jours difficiles, à la nuit tombée, elle s'avançait à pas de loup jusqu'au fond du long couloir. Le couloir des « grandes ». Sur la gauche, une double porte-fenêtre ouvrait sur un petit balcon. Maïna tournait silencieusement la poignée. La gâche libérait la crémone en protestant légèrement. Elle jetait un coup d'œil prudent derrière elle, avant de monter sur le balcon. Parfois, les lambeaux de nuages normands laissaient place à un ciel plein d'étoiles. La plus téméraire d'entre toutes, l'étoile Polaire, tendait une oreille attentive à ses oraisons vespérales. Tandis que, sur chacune des taies d'oreiller que le pensionnat comptait, les paupières se fermaient, à l'extérieur Maïna réveillait les souvenirs enfouis. Les lumières célestes veillaient sur ses souvenirs heureux ; lui envoyaient des réponses sous forme d'infimes variations luminescentes qu'il fallait interpréter. Rivée à ce petit balcon par l'inextinguible espoir que son père entendrait son message, où qu'il fût, Maïna patientait. L'étoile Polaire lui intimait l'ordre de garder espoir. Son honnêteté sautait aux yeux. Certains soirs, elle brillait plus que d'autres. Mais parfois, l'étoile noire ne disait rien et Maïna s'impatientait – « Étoile, ô mon étoile, aide-moi... Que dois-je faire ? Où est papa ? » – et finissait par s'adresser directement à son père. « Papa, si tu es mort, je meurs... Et si tu m'as abandonnée... je meurs aussi. » Elle parlait souvent à son étoile. Ce lien magique la reliait à son père. Personne ne pourrait jamais le lui prendre. *Alpha Ursae Minoris.* Encore une chose que Domingo lui avait apprise. Nom étrange. Les confidentes célestes portent souvent des noms étranges. Celui des plus brillantes des étoiles commence toujours par « Alpha ». Elle la baptisa Alpha Umi. Quand elle n'était pas trop fatiguée, elle acceptait de lui raconter sa journée. N'était-ce pas ce qu'aurait voulu entendre Domingo ? Les copines, les disputes, les notes, tout y passait. Quand ses paupières devenaient trop lourdes, avant de céder à l'appel de l'oreiller, elle glissait une dernière prière à Alpha Umi. Un hosanna fredonné de notes argentines dans l'espoir d'attendrir ce cœur de diamant perché à des années-lumière. Les habitants des cieux ont les sens extraordinairement développés et des pouvoirs inimaginables. Maïna en était convaincue. Alpha Umi savait, elle, où se cachait Domingo. Son père le lui avait dit, une fois. Il suffisait de la convaincre. Ça prendrait du temps, mais un jour, elle le lui dirait. Sûr qu'elle le lui dirait.

Chapitre 9

Il était 1 heure du matin. Mickael Popov s'assit sur le bord de son lit, pensif. Septembre déroulait les difficultés habituelles d'une rentrée. Les interrogations, sollicitations, revendications des parents, des élèves et des professeurs occupaient pleinement son temps. Ce soir il se sentait fatigué. Sentant qu'il n'arriverait pas à s'endormir, il décida, pantoufles aux pieds, de faire une petite tournée d'inspection.

Les rayons de lune rebondissaient contre les murs du couloir, constellaient de cristaux bleutés le parquet fraîchement encaustiqué. Rare moment de tranquillité et de silence qui s'accompagnait de senteurs d'orange et d'huile de lin. Il tourna à droite en direction du dortoir, puis emprunta l'escalier jusqu'à la salle des professeurs. Jusque-là, rien à signaler. Mais alors qu'il allait y entrer, des notes de piano montèrent du sous-sol, le faisant dériver jusqu'à la salle de musique. Les notes formèrent une mélodie échappée des interstices de la porte. Popov s'immobilisa. C'était splendide. Il n'avait jamais rien entendu de pareil. Il posa sa main sur la clenche. Il aurait aimé entrer et s'asseoir quelques instants pour écouter. Mais quelque chose l'en empêchait, ou plutôt quelqu'un. En effet, si certains professeurs ne peuvent pas saquer certains élèves, Popov, lui, ne pouvait pas saquer Charrier. Au cours d'une récente dispute partie de rien, il avait osé le qualifier de musicien de fanfare. À contrecœur, il rebroussa chemin. La vie est injuste, pensa-t-il. Qu'un parfait assemblage de notes sorte d'un être si méprisant et hautain… Qu'un étron puisse accoucher d'une rose… Injuste, vraiment injuste. Mais possible. Prouvé, même. Un terreau fertile, en somme. Aucun botaniste qui se respecte *ne peut l'ignorer*. Enfin, la discipline devant prédominer sur l'art et les permanences n'étant pas faites pour les chiens, Popov se dit qu'il lui passerait un savon le lendemain.

Le lendemain, il n'en fit rien. L'idée lui passa, noyée sous le flot de la paperasse, des contingences de toutes natures. Et le surlendemain, à l'instant où il le croisa dans la cour de récréation, au nom de cette magnifique mélodie qui lui revint, il n'en fit rien non plus. Et puis, c'eût été donner trop d'importance à l'homme. Il avança. Un enfant le salua avec un grand sourire. Voilà sur quoi il devait rester concentré. Les enfants. Sa vie tout entière leur était consacrée. Rien ne devait le distraire. L'idée d'en avoir lui avait effleuré l'esprit. Mais il fallait être deux. Et pour le moment il était célibataire. Élisa lui faisait les yeux doux. Elle était jolie et avait l'air déterminée. Mais la suite logique d'une relation sentimentale est l'enfantement et, dans son esprit, potentiellement, l'abandon, la souffrance, la tristesse, la solitude, l'orphelinat… Des orphelins, il en avait cent quatre-vingt-dix-huit sur les bras. C'était bien suffisant comme ça. Ils avaient besoin de lui. La cloche retentit. Popov prit la direction de son bureau. Cacheux, la professeure d'anglais, avait sollicité un rendez-vous au sujet de Maïna.

La petite fille franchit le seuil de sa porte, suivie de Mme Cacheux, corpulence et allure d'un éléphant en colère qui par son acrimonie ne pouvait que déverser une bile acide. Popov l'attendait assis, couteaux aiguisés, et écouta la charge en silence.

« Alors, c'est vrai ce qu'on me dit là, tu dors en classe ? Surprenant pour une élève habituellement attentive », dit-il à Maïna, qui tenait ses épaules basses.

« Je suis un peu fatiguée, confirma t-elle en langage des signes.

— Et tes notes s'en ressentent...

— Pas trop, non...

— Ah... Tu as raison, pas tant que ça », fit-il surpris en jetant un œil à ses derniers résultats. « Souvent, vois-tu, les notes des enfants somnolents dégringolent. Qu'en dites-vous, Madame Cacheux ? Pas si mal pour une élève qui dort en cours, n'est-ce pas ?

— Il ne s'agit pas tant des notes que de sa santé...

— Sa santé... évidemment... Euh, vous faites bien de m'alerter à ce sujet, dis-moi, Maïna, poursuivit-il, comment se fait-il que tu dormes pendant les cours ? »

Maïna répondit d'un geste de la main qui se traduisait par « Je n'en sais rien, mais je suis vraiment désolée. » Pourtant, elle connaissait l'exacte origine de ses somnolences...

« Et pour les gribouillages ?! » lança Mme Cacheux en fronçant les sourcils pour appuyer sa remontrance.

« Les gribouillages, interrogea Popov, quels gribouillages ?

— Eh bien, parfaitement, les gribouillages, lança-t-elle excédée... Car quand elle ne dort pas, mademoiselle fait des gribouillages pendant les cours !

— Je vois... Maïna, peux-tu nous laisser quelques instants, s'il te plaît... ou juste te retourner, cela devrait suffire ? »

Maïna s'exécuta et fit face à la porte d'entrée. Handicap à la fois pratique et humiliant ; d'un simple mouvement à cent quatre-vingts degrés, elle se retrouvait exclue pour un temps de la conversation.

« Madame Cacheux, ce que vous qualifiez de gribouillage ressemble bien à ce style de peinture accrochée là ?

— Absolument, Monsieur le directeur, c'est bien de ce genre d'horreur qu'il est question ! Des gribouillages sans queue ni tête, qu'ils soient faits à l'aquarelle, au crayon ou même au fusain, cela restera toujours du gribouillage !

— C'est une opinion très personnelle, fit Popov, en interrogeant du regard la peinture comme pour vérifier l'absurdité du propos. Pour ma part, je trouve celle-ci très belle. Elle est gaie. Le vert m'évoque des promenades champêtres... sous un ciel rouge orangé et ces petits points jaunes... Les voyez-vous ici, et là aussi et...

— Oui, je les vois, bien sûr que je les vois », lança Cacheux en interrompant sèchement l'imperturbable esthète.

« Je me demande s'il ne s'agit pas de boutons d'or... Vous savez, ceux qui tapissent les prairies en...

— Mais enfin, il ne s'agit pas de cela ! » protesta Mme Cacheux, en s'avançant sur sa chaise.

« Pardon, je croyais que vous parliez de la qualité esthétique de l'œuvre !

— De l'œuvre ?! Pas du tout...

— Vous m'avez pourtant dit qu'elle n'avait ni queue ni tête, n'est-ce pas ?

— Absolument, mais...

— Mais quel est donc le problème », interrogea Popov en jouant l'âne.

« Le problème, voyez-vous, c'est LA DISCIPLINE », fit-elle sur un ton comminatoire, joues empourprées, lèvres retroussées, yeux injectés de sang, « LA DI-SCI-PLINE ! »

Popov observa consciencieusement Mme Cacheux comme un chercheur son tube à essai. Quelque extraordinaire réaction chimique menaçait de provoquer l'explosion du contenant, et peut-être même de causer des dégâts au-delà. Après une bonne minute d'intense réflexion — ce cas assez fréquent est très largement commenté dans la presse spécialisée —, il quitta la moue dubitative caractéristique du scientifique qui hésite entre deux solutions.

« Pouvez-vous demander à Maïna de revenir parmi nous, s'il vous plaît, Madame Cacheux ? »

Celle-ci tapota l'épaule de Maïna du bout des doigts, puis attendit avec une impatience non dissimulée la sanction qui s'annonçait, à n'en point douter, à la hauteur de sa colère. Jamais, non, jamais elle n'accepterait que l'on dessine pendant ses cours, alors pensez bien, la peinture... et ces gribouillages... et tous ces gosses... tous ces gosses !

« Maïna », dit Popov en articulant exagérément, « n'hésite pas à m'interrompre si quelque chose dans ce que je vais te dire t'échappe... Voilà, nous sommes convenus avec Madame Cacheux que, dans la mesure où tu traverses une période difficile, nous passerons l'éponge sur ces petits moments de somnolence. Il peut y avoir... disons... un peu de relâchement, surtout lorsque le cours est dense comme celui de Madame Cacheux... Malgré tout, nous aimerions que tu fasses quelques efforts, car cela nuit à ton apprentissage, tu t'en doutes. Tu comprends à quel point l'anglais est important, n'est-ce pas, surtout dans ton cas ? »

Le courant tumultueux l'emportait inexorablement. Maïna hocha la tête d'un air résigné. L'intérêt d'apprendre l'anglais ! pensa-t-elle. Vraiment !

« Cela étant dit, venons-en maintenant à tes peintures : nous savons tous — indépendamment des goûts des uns et des autres — à quel point tu es douée. Tout le monde ou presque... en conviendra... Si tu trouves là un moyen, disons... de recharger tes batteries ; s'il s'agit d'un besoin que je qualifierais... d'urgent ; alors, Maïna, je te le dis sans hésiter : à tes pinceaux ! Notre devoir, à nous autres enseignants, est d'être exigeants, à cheval sur certains principes d'éducation, mais nous devons être aussi à l'écoute de vos parcours propres, de vos difficultés, de vos qualités... et nous devons nous adapter. As-tu quelque chose à ajouter, Maïna ? »

Celle-ci, surprise et soulagée, répondit par la négative. Popov termina l'entretien par une phrase qu'il répétait souvent aux pensionnaires :

« Parfait ! Si tu as des questions, objections, sources d'indignation, de révolte, rédige une lettre au président, il la lira certainement et te fera une réponse dans les plus brefs délais ! »

Tandis que Maïna quittait le bureau d'un ange gardien, Mme Cacheux, pâle, bouche grande ouverte, figée par la stupeur, dévisageait Popov comme s'il était le diable incarné. Elle aurait bien voulu protester. Mais elle était occupée à recouvrer ses esprits. Popov, lui, équanime, se leva, raccompagna Mme Cacheux en la remerciant de sa sollicitude.

« Un enfant tout récemment, et si sauvagement bousculé par la vie, devrait être ménagé », précisa-t-il en lui tapotant deux coups brefs sur l'épaule. « Aucun effort n'est jamais complètement vain », conclut-il, énigmatique, avant de refermer la porte.

De retour à son bureau, il décrocha son téléphone. Une petite visite médicale s'imposait. Mme Cacheux n'avait pas tout à fait tort, Maïna semblait vraiment fatiguée.

Chapitre 10

À deux kilomètres de l'orphelinat, le docteur Lebrun scrutait attentivement chaque cillement de la petite Maïna.

« Alors, jeune fille, qu'est-ce qui t'arrive ? » lança-t-il, yeux rivés sur son écran d'ordinateur.

Élisa voulut répondre à la place de Maïna, mais Lebrun l'interrompit d'un geste autoritaire de la main et tendit à Maïna une ardoise.

Quel con, celui-là ! pensa l'institutrice.

« Fatiguée... Je vois... On est tous un peu fatigués », dit-il en invitant Maïna à se dévêtir.

Il prit sa tension, palpa son ventre, sa colonne vertébrale, jeta un œil à ses tympans, lui demanda d'inspirer plusieurs fois, plongea un bâtonnet de bois sec et ses yeux au fond de sa gorge, testa ses réflexes et, pour finir, s'attarda longuement sur la paume de sa main droite avant de laisser échapper un « Tiens, tiens... » de surprise sans en préciser la raison. Maïna replia ses doigts prestement, comme pour protéger ce qu'elle avait dessiné dans le creux de sa main. L'auscultation achevée, le docteur mit fin au suspense.

« Ordonnance pour un cocktail de vitamines B et C, cela devrait suffire. De quoi remettre sur pied notre petite musicienne ! »

Notre petite musicienne ?! Comment ose-t-il sortir un truc pareil ? Une moquerie ? Révoltant !

Maïna était de profil au moment où Lebrun prononça ces paroles. Heureusement pour la petite, pensa Élisa. Ça méritait bien un petit courrier au conseil de l'ordre, mais d'abord elle en toucherait deux mots à Popov. Il ne laisserait pas passer la blague ! Ça n'était pas la première fois que ce médecin laissait échapper ce genre de remarque débile. *J'aurais dû lui fermer sa grande gueule !* Mais elle ne la lui ferma pas, ni même ne l'interrogea sur la raison de cette remarque, tout impressionnée qu'elle était par la fonction.

Le soir, au pensionnat, Maïna surprit son amie Martha tête baissée, comme abattue par une bien mauvaise nouvelle. Que pouvait-elle craindre de si grave, elle qui avait perdu ses parents et qui était sans famille ? Un devoir. Un simple devoir de musique. Une composition originale. Un jury constitué de professeurs et du directeur lui-même choisirait la plus belle d'entre toutes et celle-ci serait jouée lors du spectacle de fin d'année. Ce devoir, qui devait prendre la forme d'une partition, Maïna en était naturellement dispensée et Martha l'avait savamment repoussé. À présent, elle était au pied du mur. Il était à remettre pour le lendemain, sans faute. Tous s'acharnaient sur leur flûte, joues gonflées comme des ballons de baudruche écarlates. Pour Martha, qui était dans le rang des élèves en difficulté, le défi était de taille.

« Ne t'inquiète pas », lui fit Maïna, en se positionnant devant son amie et en arborant un sourire malin. « Quand on sortira d'ici, si on en sort vivantes, t'en auras pas vraiment besoin pour acheter ta baguette de pain chez le boulanger !

— Peut-être, mais j'peux pas m'permettre de me prendre encore une gamelle ! J'ai pas envie de passer mes week-ends à faire la vaisselle avec Sœur Marie-Christine ! » lui répondit Martha en usant d'un langage des signes qui frisait la perfection.

L'exercice était difficile pour elle, comme pour les trois quarts des autres élèves de la classe. Elle copia quelques notes insensées sur la portée, puis rangea le devoir dans son cahier de musique avant d'enfouir sa tête sous sa courtepointe. Dans ces moments-là, il était préférable de la laisser tranquille. C'est ce que fit Maïna.

La nuit tombée, les souffles et les ronflements bruyants du sommeil qui soulevaient les petites cages thoraciques recouvraient le dortoir. Maïna avait les yeux grands ouverts. Elle était fatiguée, mais avant de dormir, elle devait aider son amie. Elle vérifia que personne ne la regardait, posa un pied à terre, ouvrit le cartable de Martha.

Des stries lumineuses traversaient les vitres. Le papier à musique attendait ébloui qu'on y pose croches, blanches, rondes, noires et soupirs. C'était, selon Maïna, une invitation maladroite à la musique ; un frein, une contrainte imaginée par les adultes pour éloigner les enfants d'un plaisir jalousement gardé. On n'enferme pas la musique derrière des barreaux de prison, disait Papado. Ces lignes parallèles plantaient un décor géométrique – qu'elle nommerait plus tard « le problème des mathématiques musicales » – qui privait le musicien d'une appréhension plus naturelle, de sa nécessaire liberté. Son point de vue était dicté par les certitudes qu'on porte à cet âge, et surtout par son extraordinaire différence, que je ne vais pas tarder à vous révéler.

Le chuintement ouaté de sa plume sur le papier cessa au bout d'une heure. La composition achevée, elle substitua les partitions. La feuille intercalée dans le cahier vert de musique, elle referma le cartable et se coucha sans faire de bruit. Maïna ne vit pas qu'Hidosa Charrier, couchée à deux lits de là, avait compris son petit manège. Elle attendit que Maïna s'endorme. L'horloge ronde accrochée en haut du mur indiquait 22 h 41. Elle s'approcha discrètement. Au grand étonnement du cartable de Martha, celui-ci fut visité pour la seconde fois dans la même nuit. Un honneur pour lui qui contenait si peu de bonnes notes. La petite voleuse saisit la feuille de papier que l'inspirante amitié avait noircie de notes et de baisers. Mais, alors que son projet initial était de jeter le devoir aux orties, le petit doigt d'Hidosa lui souffla qu'elle pourrait en faire bien meilleur usage…

Chapitre 11

Charrier passait dans les rangs, ramassait les copies les unes après les autres, lentement, se fendait d'une remarque tantôt encourageante, tantôt neutre, tantôt humiliante. Ainsi, le petit Sylvain eut droit à un « Qu'est-ce qu'on va bien pouvoir faire de toi » qui accentua son strabisme ; Théodor et Marc, regards écrasés par la honte, un « Eh bien, une seule ligne, bravo, bravo ! » de consternation ; Marie-Louise, un silence de résignation. Les cœurs battaient à tout rompre. Et notamment celui de nos deux inséparables amies. L'une, au supplice, parce qu'elle s'attendait à une punition, l'autre parce qu'elle doutait de la qualité mélodique de son petit cadeau. Tandis que Charrier s'approchait du bureau de Martha, celle-ci était plongée dans son cartable d'où ressortait une pile de torchons. Rien qui ressemblait à un devoir de musique. La partition devait se trouver là ! Maïna saisit avec autorité le cahier vert de son amie, le feuilleta désespérément... À deux bureaux sur sa droite, Hidosa remettait fièrement sa copie en jetant à Maïna un sourire roublard. Son père n'y jeta pas un œil. Il devait rester impartial. Même si l'exercice était difficile. Ne rien dire. Ni compliments, ni remontrances, ni regards appuyés qui auraient pu faire passer sa fille pour une privilégiée. Le soir venu, il ne manquerait pas de sauter sur le morceau qu'elle avait composé. Elle était tellement douée. Elle travaillait si dur. Elle était tellement tout. « Bien,

bien… Une bulle pour Martha, de mieux en mieux ! » dit-il d'un ton désespéré.

De tout ce qui précède cet épisode jusqu'à la partie de cache-cache dans son cartable endormi, Martha n'y avait vu que du feu. Mais les tremblements de rage qui envahirent les membres de Maïna ne pouvaient lui échapper. Le séisme menaçait de réveiller un volcan en fureur. Martha ne reconnaissait plus son amie habituellement réfléchie, parfois débonnaire. Elle la prit par le bras, sentant arriver un drame dont elle ignorait la cause.

« Qu'est-ce que tu as ? Ne t'en fais pas pour moi, une bulle valait peut-être mieux… »

Quand la cloche sonna, Hidosa poussa la provocation jusqu'à frôler Maïna. Accompagnée de Julie, elle lança un « Ça va, les deux frangines » sur un ton mi-sarcastique, mi-satisfait. Maïna, furieuse, luttait pour ne pas arracher les yeux des orbites de la vilaine. Et l'extrême sagesse de notre héroïne condensa la nuée ardente de sa colère en un torrent de larmes impuissantes. Mais la petite histoire ne s'arrêta pas là. Cette fille, Hidosa, pourtant si jeune, devint pour ainsi dire la chef de file d'une horde de démons constituée de toutes les mauvaises âmes du pensionnat. Théodor, Julie, Marc — qui attendait sa vengeance — se réunirent dans les toilettes, à l'abri des regards. Le prix que Maïna venait de payer en musique, elle le paierait aussi en peinture. Un petit supplément, en somme. Car, toute stupide qu'elle fût, Hidosa avait parfaitement saisi que Maïna, malgré sa surdité, était douée non seulement pour la peinture, mais aussi pour la musique. Elle paierait donc pour son trop-plein de qualités, pour sa gentillesse, sa candeur, bref, pour tout ce qui la rendait si haïssable à ses yeux. Et comme la fille du professeur n'échappait pas à la règle antédiluvienne selon laquelle les êtres vils sont fort inventifs pour s'attaquer aux plus faibles et fomenter des coups magnifiquement tordus, elle s'endormit dans la nuit du jeudi au vendredi en esquissant un sourire malfaisant.

Chapitre 12

Jamais aucun professeur n'eut à vivre semblable émotion lors de la correction d'un devoir. Les notes découvraient une mélodie enchanteresse aux variations rythmiques et harmoniques subtiles. Accompagnées d'une ligne de basse d'une puissance nostalgique incomparable, les phrases courtes chaperonnaient un thème principal triste entrecoupé de virevoltes nerveuses. À trois reprises il relut le nom qui figurait en haut à gauche de la copie. Et c'était bien son propre nom qui suivait le prénom de sa fille. Hidosa Charrier. Il joua et rejoua le morceau une bonne dizaine de fois. Puis s'immobilisa. Un « Ohhh... » de stupeur et d'émotion fendit l'air pour se perdre dans la salle de classe désertée. Aucune posture pour le calmer. Debout, les yeux fermés ; assis, tête calée entre ses mains. L'exaltation menaçait l'édifice. Sa tête devint lourde, tout à coup. Il agrippa le rebord du piano, inspira un grand coup. La fierté l'emplissait. Il vacilla. Il était heureux. Il était chanceux. Il avait réussi à transmettre son amour de la musique et, plus encore, il avait réussi sa progéniture, purement et simplement. La preuve était là, écrite sur ce bout de papier. D'autres perspectives éclatèrent. Une géométrie de tous les possibles. L'avenir de sa fille était assuré, le sien avec.

À l'extérieur, la nuit crachait dru des droits d'auteur en gouttes d'or. Charrier était euphorique. Il y avait donc une justice. Qui oserait dire le contraire ? Il s'agissait d'un atavisme bien tombé, d'une longue lignée de musiciens récompensée. Au bout de l'arbre généalogique, une branche la veille encore fragile portait le fruit d'un investissement quotidien. Il avait fallu bêcher, tailler, bouturer, patienter. Tant d'efforts, tant d'heures, des jours entiers passés à enseigner à Hidosa ce que son propre père lui avait enseigné, et le père de son père. Trois générations de musiciens et au bout, quel résultat !

Garde ton sang-froid !

Ce n'est qu'au cours du week-end, donc, que, de retour dans leur maison de Saint-Léger-du-Bourg-Denis, Charrier — qui était veuf — aborda le sujet avec sa fille. Le ton employé était volontairement grave. Maintenir un certain degré d'exigence était primordial. Il commença ainsi :

« Hidosa, ma fille, j'ai corrigé ta copie hier. Je dois te dire à quel point j'ai été enthousiaste en jouant ta composition. Elle est très, très belle. Et je pèse mes mots... »

Hidosa affichait l'air satisfait emprunté à un enfant doué et besogneux. Qualités très éloignées de sa véritable personnalité, qu'elle n'aurait, au demeurant, pu hériter de personne, car dans sa lignée, la médiocrité et la pourriture remontaient aux racines. Ni de sa mère désœuvrée, ni de son père neurasthénique, ni de ses oncles et tantes qu'elle n'avait pas, et encore moins de son arrière-grand-père, père de son père, indigne héritier d'une fortune dilapidée dans un alcoolisme mondain et dans de bien mauvaises affaires immobilières. La note de dix-neuf sur vingt, relativement méritée, s'affichait avec suffisance sur le visage d'Hidosa. Le jeu d'acteur, lui, méritait le double... Son idiot de père eût été capable de la lui signer au feutre rouge.

Dimanche arriva. Aux compliments succédèrent quelques belles attentions. Parmi les plus touchantes, en voici une qui lui fit particulièrement plaisir : papa Charrier sortit ses assiettes en porcelaine de Limoges, l'argenterie Christofle, deux verres en cristal d'Harcourt qu'il avait hérités de ses aïeux. Puis, poussé par la joie, il égorgea son plus gros poulet et le servit rôti avec des frites d'un centimètre de large plongées très précisément, deux fois sept minutes — pour plus de croustillant — dans une huile bouillante. Le plat préféré de son petit prodige fit des miracles et il eut droit à un bisou sur la joue chaleureusement accueilli. Ça n'était pas tous les jours qu'on dînait avec une grande compositrice. Ces moments d'intense bonheur ne semblaient plus vouloir le quitter. Il repensa à ces années ; à la mort de sa femme, au choix difficile de l'internat, aux espoirs qu'il avait placés en sa fille, parfois de façon excessive.

Le soir venu, il l'emmena au cinéma voir le dernier Half Edenberg, avec la star montante Barni Evans, *Le Joueur de Bangalore* : film d'espionnage divertissant, partagé en mangeant des pop-corns et en sirotant une bouteille entière de soda. Hidosa accueillait la réaction de son père sans ressentir la moindre gêne. Dès le lendemain, sa note, exagérément élevée pour le travail qu'elle n'avait pas fourni, serait oubliée, effacée par d'autres, beaucoup moins bonnes. Et tout rentrerait dans l'ordre.

Oui, mais voilà, ce qu'Hidosa n'avait pas saisi, c'est qu'elle avait mis le doigt dans un engrenage dangereux et potentiellement préjudiciable. Son père descendit un instant de son nuage, posta la partition, en indiquant sur l'enveloppe sa propre adresse (le cachet de la poste faisant foi) afin de la protéger d'âmes mal intentionnées qui tenteraient injustement de se l'approprier. On n'est jamais trop prudent ! Deux copies furent envoyées à des producteurs parisiens. Il sortit un vieux paquet de

Chesterfield. On y voyait un aviateur coiffé d'un casque en cuir. En rouge et noir, le slogan « As du ciel ». Il n'avait pas fumé depuis deux ans. Il s'assit sur son canapé en lin bleu ciel. Fier et heureux, il craqua une allumette. Le week-end s'acheva ainsi, dans des ronds de fumée gris violacé.

Chapitre 13

À l'instant où le professeur Charrier franchit le seuil de sa classe, l'état du piano le pétrifia. Le noir brillant avait été partiellement recouvert de traînées de peinture aux couleurs hasardeuses. Les touches blanches étaient barbouillées. Un pinceau reposait sur le pupitre. Des pots de différentes tailles, renversés à son pied. L'auteur avait probablement été dérangé. L'œuvre inachevée fit blêmir le professeur. Jamais dans sa carrière il n'avait eu à traiter si grave et coûteuse dégradation. S'en prendre à un piano ! Tout un symbole. Il considéra avec attention l'arme du crime. Immédiatement, un nom lui vint à l'esprit. L'heure était grave. Il devait sans tarder porter l'affaire à la connaissance du directeur. Sans lui laisser le temps de lui expliquer les raisons de son tourment, ce dernier lui promit de faire un saut dans la matinée.

En attendant sa venue, Charrier tenait sa classe en respect :

« Ce que j'ai découvert ce matin en entrant dans la salle de classe est inacceptable ! INACCEPTABLE ! »

Aucun élève n'osait bouger de peur de se retrouver accusé. Mais leurs yeux bougeaient, eux. Et toutes les paires — sauf celles du petit Sylvain qui peinaient à s'accorder — étaient braquées sur la petite Maïna, à la fois coupable toute désignée et victime malheureuse d'un funeste complot. Elle aurait voulu clamer fort son innocence. Mais sa voix l'avait abandonnée. Tout comme son père. Et jusqu'à la Providence. Au fond de sa chaise, prostrée, elle attendait sa nomination officielle de grande ordonnatrice du saccage et de la laideur. Car ce qui avait été peint était franchement laid.

Les uns après les autres, les enfants, procureurs intraitables, l'acculaient. Le dossier de sa chaise marquait sa peau de plus en plus profondément. Et quand ce fut au tour de Charrier de demander au criminel de se rendre sans délai, ne regardant qu'elle, fixement, la lardant de lames aiguisées par la colère, accusée par son goût de la peinture, elle se dit qu'elle n'avait d'autre choix que de se dénoncer.

Mais à l'instant précis où elle se leva, un peu mécaniquement, avec l'élan d'un robot, toute la classe la suivit dans une parfaite synchronisation. Le directeur venait de faire une entrée fracassante. Il remercia les élèves pour cette marque de respect, les invita à se rasseoir, et Maïna s'exécuta un peu à contretemps, mais non à contrecœur.

La réaction de Popov fut plus mesurée que celle de Charrier, une heure auparavant.

« En voilà une idée originale, osa-t-il. Enfin un peu de gaieté dans ce monde de brutes ! Qui est à l'initiative de ce projet ? »

Plutôt que d'accueillir la boutade et de noyer les raisons exactes de son émotion dans de plus futiles événements, le professeur protesta en arguant de la portée symbolique d'une telle profanation. Le terme fit sourire Popov. Malgré le peu de considération qu'il portait à ce professeur, il lui demanda, compatissant :

« Mais alors, Monsieur Charrier, que suggérez-vous ?

— Eh bien, que le coupable se dénonce ! » fit le professeur dont la filiation avec Mme Cacheux ne semblait plus faire aucun doute.

Et tandis que Charrier s'entêtait dans la mauvaise voie, Popov, lui, fin observateur, remarqua deux ou trois détails fort intrigants.

« Mes enfants, fit-il, je vous propose, avant d'en venir aux accusations, de ne pas mépriser le message qu'a voulu faire passer l'auteur. Aussi, je demanderai à chacun d'entre vous de se lever, l'un après l'autre, et de prononcer à haute et intelligible voix un mot, un qualificatif. Qu'est-ce que ce piano recouvert de peinture évoque en vous ? Question intéressante. Pour une fois, les vulgarités sont autorisées.

Tandis que Sophie, première de son rang, se levait, Popov souffla à Charrier qu'il était inutile de forcer la dénonciation. Celle-ci viendrait d'elle-même... Ce sur quoi ce dernier sortit, un peu décontenancé, une phrase faussement philosophique :

« Oui, bien sûr, la vérité sort souvent d'elle-même. »

Et tous deux, assis, regardèrent les enfants défiler et prononcer des mots doux tels que : « moche », « immonde », « bête », « gai », « voyou ». Puis vint le tour de Marc.

« Horrible », dit-il très fort pour amuser la galerie.

« Bien, Marc, dit Popov, peux-tu avancer jusqu'au piano s'il te plaît ? »

Marc parut surpris car, sur la dizaine d'élèves qui étaient passés avant lui, aucun n'avait eu droit à pareil honneur.

Ce fut au tour de Théodor, de Julie, de rejoindre Marc. Et enfin, la dernière fut Maïna qui écrivit sur le tableau le mot « cacophonique ». Le terme, dont personne ne comprit vraiment la portée, revêtait pourtant une importance capitale.

Debout devant le tableau, Théodor regardait Julie ; Julie, Marc ; et Marc regardait ses pieds. Si se retrouver ainsi seuls à l'écart de la classe pouvait n'être que le fait du hasard, l'alignement sur l'estrade des trois comparses devint suspect.

Popov souffla deux mots dans l'oreille de Charrier. Peut-être trois. Suffisants pour que celui-ci devienne blême. Et furieux aussi. Ses yeux rougis par la colère passaient d'une chaussure à l'autre comme l'aiguille d'un métronome. Popov l'invita à le suivre jusqu'au piano, et à regarder les traces de pas sur le sol. Un dinosaure n'aurait pas laissé si parfaites empreintes.

« Ne remarquez-vous rien, Monsieur Charrier », fit Popov, qui avait revêtu l'habit du policier.

« Si si, bien sûr, les traces de pas...

— Oui... Les traces de pas, évidemment, mais... combien y en a-t-il de différentes ?

— Euh...

— Eh bien, je vais vous le dire, il y en a quatre très précisément.

— Quatre ?! répéta Charrier, contrarié de n'avoir pas remarqué ces indices avant Popov.

— Eh bien, maintenant, ne nous reste plus qu'à découvrir qui est le quatrième coupable...

— Comment procéder ? » demanda Charrier un tantinet dépassé par la complexité enfantine de l'enquête.

« Vous sembliez apprécier la méthode de la dénonciation... »

Ce que Popov ne dit pas à Charrier à ce moment précis, c'est qu'il avait vu se détacher très distinctement sur le rebord de la semelle d'Hidosa une trace de peinture bleu ciel... Par délicatesse ou peut-être un peu par cruauté à l'égard de ce professeur au QI de microbe, il préféra ne pas interférer dans la suite des événements.

Voici donc que notre faiseur de génies, tout heureux de demander au quatrième coupable de se dénoncer, prit la parole avec grandiloquence :

« Marc, Julie, Théodor, les traces de peinture sur vos semelles ont fait éclater la vérité. Mais un quatrième responsable se cache parmi nous. Qu'il se dénonce sans tarder ! »

Puis, se tournant vers la classe, l'air indigné, il poursuivit :

« Est-ce cela que vous voulez ? Que je vous fasse tous retirer vos chaussures ! Vous n'avez donc pas le courage d'assumer vos actes ? »

Lentement, douloureusement, Hidosa, joues écarlates, front inondé de sueur, leva sa main.

« Hidosa, baisse la main », intima Charrier, pensant que sa fille voulait aller aux toilettes ou voler au secours du quatrième coupable.

Mais, bravant l'ordre de son père, Hidosa mit un terme à son supplice en se levant enfin et en rejoignant tête baissée le tableau. Un silence de plomb recouvrit la salle de musique. Popov, une fois encore, avait fait le job. Avant de fermer la porte de la classe, il invita Charrier à sanctionner sévèrement les quatre coupables. Puis, en homme intelligent qu'il était, comprenant tout de l'injustice à laquelle venait d'échapper in extremis Maïna, il se ravisa.

« Maïna, si tu en es d'accord, et si Monsieur Charrier l'est aussi, bien entendu, je te propose de donner à ce piano la robe éclatante qu'il mérite. Tu as, comme on dit, carte blanche. Le résultat sera, comme d'habitude, à la hauteur de ton immense talent, nous en sommes certains. »

Puis s'adressant à la classe :

« Avez-vous des questions, objections ? Non ? Bien, si vous êtes témoin d'injustices, indignez-vous, révoltez-vous et en mon absence, rédigez... »

Puis il marqua une pause, sollicitant l'auditoire.

« UNE LETTRE AU PRÉSIDENT ! » complétèrent en chœur les élèves amusés.

Maïna se détendit un peu. Le coup n'était pas passé bien loin, cette fois encore. S'il y avait un bienfaiteur en ce bas monde, c'était bien ce géantissime M. Popov...

Chapitre 14

Boulevard Haussmann à Paris, le producteur Ludovic Heinopietri faisait le point. Depuis la création de sa société, cinq ans auparavant, aucun de ses artistes ne semblait vouloir dépasser le stade de l'artiste prometteur. Par ricochet, il était devenu lui aussi un producteur prometteur. Alors que ses confrères croulaient sous les maquettes, lui n'en recevait que trop rarement. Les talents se cachaient. Neuf heures. Un café soluble de piètre qualité et aussi, sur son bureau, quelques factures, un relevé de compte bancaire, un colis et une lettre. Il ouvrit le colis. À l'intérieur, une cassette audio. Les guitares électriques et le chanteur hurlaient un truc du genre : « Écoute jusqu'au bout si t'en es capable ! » La réponse cinglante fut le bruit sec du plastique qui heurte le fond de sa poubelle. Puis il ouvrit l'enveloppe ; déplia une courte lettre accompagnée d'une partition. Le papier d'écolier l'intrigua, l'écriture d'enfant, la suite de notes également, bref, le tout semblait rafraîchissant. Ludovic joua le morceau sur son Steinway. Sa réaction fut à peu de chose près la même que celle de Charrier. Il bondit sur son téléphone, demanda à son assistante de joindre sans délai cet homme providentiel, un certain Jean Charrier. Élodie s'exécuta et rendez-vous fut pris pour le mois suivant, le jour du spectacle de fin de semestre.

Dans sa voiture, Ludovic souriait. Il n'en revenait toujours pas. Lui qui était souvent destinataire d'œuvres de médiocre qualité, voire carrément mauvaises, et dont le catalogue peinait à décoller, tenait peut-être sa perle rare. Il avait quarante-quatre ans. La moitié de sa vie passée à faire de la musique, à l'aimer, à aider de jeunes talents à avancer. Trouverait-il, dans cet orphelinat situé au fin fond de l'Orne, sa Constance Keene, sa Sylvia Robinson ou son Amy Beach ? Ne serait-ce qu'un tout petit bout de Ruth Crawford Seeger, même dans sa période folklorique ?

Devant le portail monumental en fer forgé, revêtu de son plus vaniteux costume, Jean Charrier accueillit Ludovic Heinopietri.

« Énorme, non ? Ce qu'elle a composé, j'veux dire, c'est énorme... »

Le producteur tendit à Charrier une poignée de main ferme.

« En effet, je suis venu vous voir pour en parler.

— C'est bien ce que je vous dis... Si vous êtes venu, c'est qu'vous trouvez ça énorme. »

La sérénité du producteur, l'esquisse à peine appuyée du sourire circonstancié, la posture droite et intransigeante, l'attitude générale révélait un homme d'affaires au caractère peu enclin à l'emballement. Le contraste avec le professeur, corps râblé, comme tassé par l'immense espoir qu'il mettait dans sa fille, était frappant.

Charrier invita Ludovic à le suivre jusqu'à la salle de spectacle, tenta deux ou trois formules de politesse et autant de compliments convenus sur la qualité du cadre de vie, auxquels Ludovic répondit par de longues et silencieuses observations. À quoi pouvait-il penser, ce producteur ? Charrier levait la tête, le scrutait secrètement, attendait le compliment, la caresse, l'aumône. Mais rien ne venait. Ludovic voulait voir. À l'exception de cette musique d'une rare qualité mélodique, le reste était du folklore. Il voulait toucher l'artiste. Charrier commençait à douter. Et si Hidosa ne faisait pas l'affaire ? Il se dit qu'il fallait arrêter de trop gamberger. Tous ces kilomètres parcourus signifiaient forcément quelque chose. Ludovic eut droit à tous les honneurs. Jusqu'au privilège de s'asseoir au premier rang à côté du directeur. Et ce n'était rien comparé à celui d'écouter sa progéniture.

Popov, affable, posait toutes sortes de questions à Heinopietri. Sa vie, les artistes qu'il avait produits, ceux qu'il côtoyait, leurs relations, le showbiz, les styles musicaux qu'il privilégiait, l'argent, la drogue, etc. L'épisode du piano badigeonné de peinture était pour ainsi dire oublié, et Popov semblait enchanté à l'idée qu'un élève de son établissement puisse susciter la convoitise d'un producteur venu de la capitale (et franchement désolé que cela soit tombé sur ces deux-là, mais il jouait le jeu malgré tout).

Il était 19 heures. L'équipe enseignante orientait les spectateurs vers la chapelle. Prévue pour deux cent cinquante places, elle pouvait, en se serrant un peu, accueillir trois cents personnes. Le brouhaha des conversations descendait jusque dans les coulisses. Les comédiens en herbe, les danseurs, les musiciens attendaient dans une relative décontraction l'ouverture du rideau. Aucun d'entre eux n'avait le trac, le véritable trac, celui qui vous vide l'estomac. Celui-là est le privilège des artistes talentueux. La plus détendue d'entre tous était Hidosa.

Elle se posa sur l'estrade avec la légèreté et l'insouciance d'une fleur. Chaque soir après les cours, elle avait enchaîné les phrases, encore et encore. Son père l'avait félicitée, qualifiant son jeu de « solide, très solide ! » Elle était donc sereine. En réalité, la dynamique, le presto des dix-septième et dix-huitième mesures, les passages de pouce, tout, dans ce morceau, lui était hors de portée. Mais dans sa grande médiocrité, elle l'ignorait, se contentant d'enchaîner les notes les unes aux autres pour qu'aucune n'échappe à son interprétation édulcorée.

Les spectateurs étaient nombreux. Elle croisa le regard de son père, de Popov, de nombreux inconnus, de Maïna qui se mordillait les lèvres, puis s'avança, inexpressive, jusqu'au piano. Elle n'avait pas peur d'être démasquée. Cette composition l'avait choisie. Comme une adoption. Qui aurait pu imaginer un seul instant qu'une sourde-muette pût être à l'origine de pareil chef-d'œuvre ? Qui ?

Chapitre 15

Poings serrés, entre Heinopietri et Popov, Charrier patientait. Derrière, Maïna et Martha ainsi que tous les élèves du secondaire cessèrent leurs bavardages.

En trois minutes à peine, le sujet fut expédié. Maïna émit un imperceptible sourire. *Il devrait durer plus longtemps... Elle a dû pourrir mon morceau, la peste !* Malgré tout, des applaudissements appuyés raccompagnèrent la plagiaire jusqu'au rideau. Moment choisi par Charrier pour toiser Ludovic de tout son être. Si ce dernier avait jusqu'ici manqué singulièrement d'affabilité, sans doute serait-il moins avare de compliments à ce moment-là de la partie. Pourtant, l'oiseau ne vint pas manger dans sa main, comme il se l'était imaginé. Et même, rien ne sortit de son bec. Charrier se serait contenté d'un bravo, d'un « Quel talent », d'une question anodine sur l'emploi du temps de sa championne ou sur son alimentation, d'un applaudissement, un simple applaudissement... La moue, dubitative, interminable, suspecte, laissa le professeur pantois. Cette moue précéda une conversation fort déstabilisante.

« Combien de morceaux votre fille a-t-elle composés, Monsieur Charrier ?

— Ohh, vous savez, Hidosa joue beaucoup, alors, de deux à trois heures par jour... Parfois, même, je suis obligé de mettre le holà...

— Combien avez-vous dit ? » interrompit Ludovic, feignant d'être dur d'oreille.

« Un.

— Un seul...

— Oui, mais quel morceau, n'est-ce pas ?!

— Je souhaiterais, si vous me le permettez, m'entretenir quelques minutes avec votre fille...

— Mais...

— En votre présence, naturellement...

— Très bien, très bien », répondit sèchement Charrier, sentant un voile de suspicion recouvrir sa brillante progéniture.

Yeux creux, ventre congestionné, corps incapable de résister plus longtemps à l'affront, apoplectique d'orgueil, il bondit à la recherche de sa championne.

« Qu'en pensez-vous ? » interrogea enthousiaste Popov, plus intéressé par l'analyse du professionnel que par l'enjeu. « C'est d'une rare beauté, n'est-ce pas ?

— Je ne sais pas », bredouilla Ludovic, pensif.

« Vous ne savez pas ? Dites-moi ce qui vous chagrine », fit Popov qui ne comprenait pas l'attitude du producteur.

« Je n'ai pas entendu le chef-d'œuvre retranscrit sur cette partition...

— Ahhh... Elle est encore jeune, peut-être ?

— Peut-être... Mais pas seulement...

Ludovic était surpris. La déception embrumait le fil de ses pensées.

« J'ai du mal à saisir votre réaction. Vous pouvez me parler, Monsieur Heinopietri, je ne suis pas un proche du professeur.

— Très bien. Alors, gardez pour vous ce que je vais vous dire... Vous avez sans doute déjà entendu quelques chefs-d'œuvre de la musique classique, n'est-ce pas ? L'*Adagio en ré mineur* de Bach, la *Symphonie n° 9 du Nouveau Monde* de Dvorak ou, dans un registre plus joyeux, la *Marche turque* de Mozart ?

— Oui, bien sûr. J'adore la musique classique, même si je n'en écoute que très peu. Ma tante passait en boucle *La Lettre à Élise* », poursuivit Popov, trop heureux de partager le peu de références qu'il avait en stock.

« Qui devrait s'appeler *La Lettre à Thérèse*.

— Pardon ?

— Oui, Beethoven l'a composée en 1810, alors qu'il avait quarante ans et qu'il était sourd comme un pot. Quand Ludwig Nohl découvre la partition plus d'un demi-siècle plus tard dans une liasse de manuscrits, il peine à déchiffrer le titre et se trompe d'amoureuse... et la jolie Autrichienne est rebaptisée Élise...

— Incroyable, cette histoire... Mais quel lien faites-vous avec Hidosa ?

— J'ai du mal à imaginer que cette musique soit sortie de la tête de cette petite.

— Je ne comprends pas, qu'est-ce qui vous fait dire cela ?

— Eh bien... Voyons voir... Ce que j'essaie de vous expliquer... Tenez, regardez les compositeurs que je viens de citer. Tous étaient habités de mondes intérieurs qu'ils faisaient jaillir en notes conjuguées dans une œuvre musicale magistrale. Si cette petite fille était à la hauteur de ce monde que je tiens dans ma main... Si elle était dotée d'un don exceptionnel, comme Mozart l'était avec son oreille absolue et sa mémoire eidétique ; ou si sa vie portait les stigmates d'une histoire douloureuse comme celle de Beethoven, petit singe savant d'un père alcoolique et brutal qui joua son premier concert alors qu'il n'avait que sept ans et demi ; je pourrais en citer d'autres, comme Bach, orphelin dès dix ans, parti toute sa vie durant en quête de la reconnaissance de Dieu...

— Alors ? interrompit le directeur.

— Alors, celui ou celle qui a composé cette partition n'aurait jamais accepté une si piètre interprétation.

— Mais un formidable compositeur peut être un piètre musicien !

— Certainement, mais le compositeur qui a écrit ces notes n'accepterait pas que son œuvre soit blasphémée de la sorte par un piètre musicien, quand bien même ce serait lui. Dans ce cas, il se choisirait des doigts dignes de son génie.

— Une simple interprétation vous amène à conclure que...

— Monsieur Popov, cette œuvre majeure traversera les siècles. Nous devons retrouver le véritable auteur, l'Albinoni, le Brahms, le Chopin qui se cache derrière l'imposteur. S'il s'agissait de la retranscription d'une seule partie de l'œuvre... Imaginez un peu... Il faut la rendre à son auteur, qu'il soit mort ou vivant. »

Les spectateurs avaient quitté la chapelle. Popov salua Charrier et plaisanta sur son apparente fatigue.

« Vos séances de piano nocturnes vous auront épuisé... »

Qui pouvait bien jouer du piano la nuit, puisque ce n'était pas lui. Charrier devait le découvrir. Simple curiosité. Il sourit niaisement au directeur, puis vola au secours de sa fille qui était aux prises avec ce producteur indélicat.

« Combien ? » demanda Hidosa, blême, à Ludovic.

« Deux ou trois autres... Ce serait un bon début...

— Sans problème, intervint Charrier. Dans combien de temps ? »

Puis, se tournant vers Hidosa qui tardait à répondre :

« Alors, il te faut combien de temps pour composer trois autres musiques ? »

Hidosa, prise au dépourvu, ignorant le temps nécessaire à la composition d'une œuvre musicale, finit par répondre :

« Deux...

— Deux... » répéta Ludovic en dissimulant sa surprise.

« Oui, deux jours », confirma Hidosa, sentant le sang bouillonner dans ses veines jusqu'à empourprer ses joues.

« Vous voyez, dit Charrier, soulagé. Très vite, vous aurez entre les mains matière à vous rassurer. Nous pourrons alors évoquer...

— Chaque chose en son temps », interrompit Ludovic, qui doutait de plus en plus de la véracité de cette petite fable. « Dès réception des partitions, je vous recontacterai », conclut-il en en saisissant la poignée molle et moite du professeur.

La soirée s'acheva ainsi. La voiture du producteur avançait sur les gravillons en dégageant un nuage fuligineux de gaz d'échappement. Un dépôt cendreux s'ajouta au goût amer qui tapissait la bouche de Charrier. Convaincre un pro n'était pas si simple. D'un certain côté, il comprenait le niveau d'exigence attendu d'une musicienne aussi douée. Interprétation rassurante de la réticence affichée par Ludovic. En tant que père, il devrait veiller au respect des engagements pris. Trois compositions en deux jours. Hidosa manquerait l'école. Popov opposerait peu de résistance. Dans le cas contraire, ils se feraient porter pâles, lui et sa fille. Un contrat avec un grand producteur valait bien une ou deux petites absences.

Chapitre 16

Au hameau de Lessard, à une dizaine de minutes du pensionnat, la fenêtre de la maisonnette en brique de Saint-Jean s'ouvrit sur une aube fraîche et humide. Le professeur Charrier avait décidé de réveiller sa fille un peu avant le chant du coq. Ses mots étaient empreints d'une douceur paternelle, mais l'intonation de sa voix annonçait un programme chargé. Hidosa devrait se montrer à la hauteur de ses attentes. Elle qui n'avait jamais rien composé de sa vie, comment pourrait-elle rendre trois compositions ? Trois compositions en deux jours, en deux ans, une vie entière n'aurait pas suffi.

Le petit déjeuner vite avalé, Charrier la vissa devant son piano. Un craquement d'allumette et voici que les quatre bougies posées sur deux chandeliers en bronze illuminaient le bois de noyer, les touches crémeuses de l'ivoire et le visage livide de la petite. Calepin en main, assis à côté d'elle, Charrier se tenait prêt à noter. Il ne devait rien manquer de l'effusion de notes qui s'apprêtait à jaillir. Hidosa commença par des exercices d'échauffement : gammes en arpèges, main droite, main gauche, déliateur, renversements d'accords à trois tons, à quatre tons, accords enrichis, etc. Une bonne heure s'écoula avant que Charrier ne montre les premiers signes d'impatience. L'échauffement ne durait pas si longtemps, habituellement. En tout cas, il n'en avait pas le souvenir.

Après réflexion, il se dit que sa présence nuisait probablement à l'inspiration de son enfant prodige.

Lucidité de père en réponse à la pudeur d'une fille. L'envol du plus élégant des chardonnerets se ferait en son absence. Il s'éloigna jusqu'à la cuisine où il se prépara un café.

Déjà, les premiers rayons obliques du levant traversaient le simple vitrage en milliers de lances dorées. Dehors, le souffle du vent ondulait l'océan d'herbes hautes. Charrier ne pourrait tenir une journée entière à contempler le paysage. Il tendit l'oreille. Son tympan vibrait au son des accords de quintes et de septièmes. Il hésita entre la tondeuse et la vaisselle. Il enfila ses bottes kaki. Le miracle se produirait certainement à son retour. Deux mille huit cents mètres carrés de pelouses plus tard, Charrier réapparut dans le salon. Hidosa enchaînait les morceaux de son répertoire ; une bonne vingtaine.

« Passe à la composition ! » ordonna son père.

Quand le repas fut prêt, Hidosa brodait toujours.

« Les morceaux doivent être joués parfaitement ! » dit-elle, tête basse.

Charrier s'éloigna, un peu déçu, un peu inquiet. La petite se tenait le ventre. Probablement la faim. Charrier était un excellent cuisinier. Comme la plupart des enfants de son âge, Hidosa aimait exclusivement les plats simples. Il avait donc pris soin de préparer des pâtes accompagnées d'une saucisse.

« Vers quel style de musique t'orientes-tu, ma fille ?

— …

— Pourquoi pas quelque chose de rythmé… de joyeux, un rock… ou bien de la soul, ça serait surprenant de la soul, non ?

— Mais papa…

— Encore plus exotique, tu présentes un morceau de bachata, ta mère adorait danser la bachata, les hommes la regardaient avec ... Et leurs femmes... Si tu avais vu la jalousie dans leurs yeux !

Hidosa partit faire une sieste sans rien avaler. Elle se sentait terriblement fatiguée... Charrier attendit assis sur le canapé du séjour. Peut-être avait-il été un peu optimiste sur les délais. Réveil à 16 heures, les symptômes de l'indicible vérité s'aggravèrent. Piégé dans son mensonge, le petit prodige jouait une mauvaise comédie. *Elle est encore petite... On ne peut rien contre la fatigue...* 19 h 30. Charrier devait s'absenter. Il proposa à Hidosa de se remettre au travail dès qu'elle se sentirait mieux. Il restait de la nourriture du midi. Lui rentrerait tard. C'est que la remarque de Popov lui revenait sans cesse. *Qui pouvait bien s'introduire dans la salle de musique pendant la nuit ?* Il devait tirer cette affaire au clair.

20 h 30. S'étant fait porter pâle, il entra discrètement par l'arrière du bâtiment. Un virus, avait-il prétexté. Leur absence durerait toute la semaine. Il s'installa au fond de la salle de musique, dans un renfoncement, côté porte d'entrée. À moins qu'il ne fasse une inspection méticuleuse des lieux, l'intrus ne le verrait pas.

21 h 30. Rien. Il repensait à Hidosa. Combien de temps lui faudrait-il ? Au fond, étaient-ils pressés ? Pourquoi n'imposerait-il pas son rythme au producteur, après tout ?

23 h 12. Charrier commençait à roupiller. La porte grinça légèrement. Un halo de lumière suspendu dans l'obscurité projetait une ombre gigantesque contre le tableau. Charrier frissonna. Après un temps d'arrêt, le fantôme avança jusqu'au milieu de la pièce. Revêtu d'une chemise de nuit blanche, de la taille d'un enfant, il semblait flotter au-dessus du sol.

Popov avait donc vu juste. Quelqu'un s'introduisait bien dans sa salle de musique. Charrier ne pouvait voir le visage de la petite fille qui venait de s'installer au piano. Il se leva d'un bond, s'avança pour réprimander sans ménagement l'intrus. Mais, alors qu'il s'apprêtait à poser une main réprobatrice sur la petite épaule, le fantôme activa ses doigts sur le clavier, statufiant instantanément le professeur. Les mains se chevauchaient des aigus aux graves, traversant des paysages d'octaves enflammés pour finir sur une explosion de basses, pédale relâchée. L'intrépide musicienne était manifestement de mauvaise humeur et d'une extrême nervosité. Le premier morceau, achevé par un mouvement de tête exalté, marqua un bref temps de répit. Le bras de Charrier finit par se baisser, tout doucement, pour ne pas faire de bruit. Il aurait voulu que cela dure une éternité. Après un temps choisi par le fantôme pour inspirer une grande goulée d'air, la musique reprit de plus belle. Ce morceau, il le connaissait.

« *Mais, ce morceau, c'est...*

– *Ehhh oui, Monsieur le professeur* », lui répondit avec compassion un écho intérieur. « *Eh oui...* »

Dans sa tête immobile, la cruelle vérité balaya un plaisir extatique. Sous ses yeux, les notes tout droit descendues des ténèbres consumaient ses rêves de gloire jusqu'à disparaître dans le noir de fumée des bougies. Qui se cachait derrière ce démon ? Qui osait prendre la place de sa fille ? Charrier fit un pas sur le côté, puis encore un autre. Pour la seconde fois, son corps se statufia. Il ouvrit la bouche comme pour appeler l'air à la rescousse. La déception s'engouffra jusqu'à l'asphyxie. Il s'appuya sur le piano. Ses genoux menaçaient de plier. Il fallait s'y résoudre : le don, un temps salutaire, avait quitté sa fille, injustement, pour se putréfier dans le blanc linceul d'une sourde-muette.

Chapitre 17

« C'est quand même dingue, cette histoire », fit Élisa en entrant dans la chambre de Popov.

« Elle ne sera réellement dingue que si ce producteur dit vrai.

– Tu en penses quoi, toi ? » poursuivit-elle, abandonnant le vouvoiement comme à chaque fois qu'ils se trouvaient seuls tous les deux.

« Pas grand-chose...

– Comment ça, pas grand-chose ?

– Enfin je veux dire... peut-être une intuition... mais c'est un peu court pour porter des accusations hâtives... même si je ne peux pas saquer ce type... Et toi, tu en penses quoi ?

– J'ai toujours été surprise d'entendre des groupes bâtir toute une carrière sur un seul et unique tube », fit remarquer Élisa en plissant ses yeux de chatte.

Jusqu'à maintenant, ses ronronnements avaient laissé Popov de marbre. Mais elle ne désespérait pas. Toutes les situations étaient prétexte à lui tendre des perches longues comme des cannes à pêche. Ce caractère en fer forgé, ce sens aigu des responsabilités, tout, chez le directeur, la rendait foldingue. Pourtant, le jour était mal choisi pour avancer ses pions. Popov était fort distrait. La conversation avec le producteur avait soulevé un tas de questions. Et si Ludovic Heinopietri avait vu juste, son établissement hébergeait une usurpatrice. Peut-être même deux. Se posait alors la question préoccupante de l'identité de la victime.

« Tu dis que composer un tube peut relever du coup de bol. Admettons. En sortir deux ou trois, ça devient du talent… Attendons de voir… Mais là… Monsieur Heinopietri », poursuivit Popov en proposant un verre de vin à Élisa, « on parle d'autre chose que d'un tube de pop. Il s'agit d'une composition complexe, intemporelle, qui laisse présager une œuvre aux dimensions inégalées. Plus j'y pense et plus j'ai du mal à imaginer qu'il s'agit de la petite Hidosa. La veste semble trop large pour ses frêles épaules. »

Alors qu'Élisa sirotait son vin en minaudant, Popov, lui, partit une nouvelle fois dans ses pensées. Il fallait tirer l'affaire au clair. Et pour cela, il ne voyait qu'une solution.

« Tous les élèves vont passer une audition.

— Une audition ?

— Absolument. Devant un jury présidé par Ludovic Heinopietri. Ou plutôt tous ceux capables de jouer d'un instrument de musique. Le thème, pour ne pas jeter l'opprobre sur la petite Hidosa et son père, sera ludique : la grande audition annuelle pour l'élection du musicien le plus talentueux ! »

L'idée émerveilla Élisa, qui vit encore une fois en Popov un homme résolu et imaginatif. Sans attendre, le directeur sauta sur son téléphone, fit part du projet à Ludovic, qui l'approuva immédiatement et trois jours plus tard, soit le vendredi, Popov tenait entre ses mains la liste quasi exhaustive des élèves prétendants au titre.

*

Ludovic Heinopietri arriva sur le coup de 10 heures. Il eut un bref entretien avec Charrier. Hidosa était donc malade. Poliment, il souhaita à sa fille un prompt rétablissement et ajouta que l'inspiration pouvait jouer de vilains tours parfois.

Ludovic suivit Popov et Charrier jusqu'à la salle de classe. Le long des couloirs, les petites têtes se retournaient pour voir de leurs propres yeux un faiseur de stars. Personne ne savait qui Ludovic produisait réellement, mais dans l'imaginaire des uns et des autres, tout un tas de vedettes américaines le côtoyaient quotidiennement. L'enthousiasme se lisait dans les regards et, quand certains refusèrent de participer au petit casting par manque d'assurance, d'autres s'étaient précipités sur leurs flûtes alors qu'ils savaient à peine comment y poser leurs doigts. Pour ne pas faire attendre les enfants trop longtemps, il fut convenu d'appeler les classes les unes après les autres. Concernant le choix du morceau, l'interprète restait libre. Pousser la chansonnette était également permis. Cela dans l'idée de ne pas éveiller les soupçons quant au but réel du concours. On ne cherchait pas le possible auteur de la partition volée, on profitait simplement de la présence de ce producteur pour organiser un petit divertissement. D'ailleurs, Charrier faisait lui aussi partie du jury. Façon de brouiller encore un peu plus les pistes. « Peut-être que notre école recèle d'autres brillants talents. Ces talents d'aujourd'hui feront notre fierté de demain et nous devons faciliter leur éclosion », avait dit Popov à Charrier, enthousiaste. Ainsi, ils décidèrent ensemble — en tout cas, c'est ce que le professeur avait fini par croire — de réitérer chaque année l'expérience si celle-ci se révélait concluante.

En fin d'après-midi, ce fut au tour de la classe de Maïna de passer. La fatigue commençait à se faire sentir parmi les membres du jury. Les paupières devinrent lourdes, les bâillements de plus en plus fréquents. Heureusement, la journée fut sauvée par Martha, qui monta sur l'estrade pour chanter *a cappella* l'*Ave Maria*. L'interprétation cloua le jury jusqu'à en faire pleurer d'émotion le professeur de mathématiques Lionel Monteiro, pourtant d'une nature rustre et réservée. Une voix pure, au timbre indéfinissable, un trémolo merveilleusement contrôlé, une justesse, bref, la petite Martha quitta l'estrade sous les applaudissements. Au point même que Ludovic Heinopietri se leva pour la féliciter en personne et lui souffler quelques conseils à l'oreille. De tous les artistes en herbes, ce fut la seule à susciter autant d'intérêt. La 3e B passa, la dernière de toutes, avec sa quinzaine d'élèves, et quand Heinopietri ferma la porte, la déception et une sorte d'incompréhension se lisaient sur tous les visages, à l'exception, évidemment, de celui de Charrier qui arborait un petit sourire narquois.

Chapitre 18

Popov se rendait au réfectoire, où un apéritif dînatoire était organisé en l'honneur des membres du jury, lorsqu'il croisa Lebrun, qui avait ausculté Maïna. Élisa Bergoff n'avait pas manqué de lui rapporter la blague douteuse du docteur.

« Mais Monsieur Popov, ça n'était pas une blague... Si je vous dis que cette petite... Je veux dire... Mais si, une musicienne...

— Et vous persistez ?! Mais pour qui vous prenez-vous pour humilier ainsi cette pauvre enfant ? Combien d'autres garderont un souvenir amer de votre petite personne, combien ?!

— Mais Monsieur le directeur, j'essaie juste de vous expliquer...

— Oui, tout à fait, une petite personne, une PETITE personne, laide et abjecte ! ABJECTE ! Si j'entends encore un seul propos dégradant à l'encontre de l'un de mes pensionnaires, j'enverrai sans hésiter un courrier salé au conseil de l'ordre des médecins ! »

Voilà comment Popov écouta l'explication du docteur Lebrun, passant au travers de ce détail crucial qu'il y avait sur la paume de Maïna, dessiné au feutre de couleur, le cycle des quintes. Cette représentation graphique, à l'usage des initiés, des tonalités et de leurs altérations l'avait beaucoup surpris. Il en avait déduit qu'elle était musicienne — ou qu'elle l'avait été — et l'avait exprimé fort maladroitement.

Encore agacé par cet échange houleux, Popov rejoignit les professeurs, les pions, le personnel d'entretien qui s'étaient mobilisés au pied levé afin de mettre en œuvre une idée qui ne ressemblait guère à l'institution.

Il était bientôt 22 h 15. Le réfectoire se vidait progressivement.

« Je crois bien que la petite Hidosa est la seule candidate au titre de musicienne la plus talentueuse », dit Popov dépité à Ludovic Heinopietri.

Ne restaient que le producteur, Élisa, Marguerite, une femme de service, et Popov qui venait de sortir de l'endroit le plus secret de l'établissement — dit-il malicieusement — une bouteille de Chivas vingt ans d'âge.

Les verres d'alcool se déversaient avec mesure dans les estomacs. Les cœurs n'étaient pas vraiment à la fête. Et les sujets de conversation s'en ressentaient : la guerre qui éclatait en Amérique du Sud pour les ressources pétrolières, le dernier film d'Alan Thomas, *Le Souffle des méduses*, qui traitait du rapport de l'homme à la nature à travers l'œil averti d'un scientifique, de sa fille Marie, de Whitty, sa méduse, et la fin tragique qui n'en finissait plus de diviser les hôtes. Marguerite et Élisa s'écharpaient sur le sujet quand Popov posa le regard sur la veste que Charrier avait oubliée. Accrochée au portemanteau, la doublure tournée vers l'extérieur exposait la poche intérieure d'où dépassait un morceau de papier. Intrigué, Popov se leva discrètement. Quand il revint, il tenait entre ses mains la partition de la petite Hidosa.

« L'écologie à la petite semelle finira par tous nous perdre », lança Élisa avant de s'éclipser, contrariée par le manque de soutien de Popov.

Marguerite la suivit, prétextant une journée harassante, et Popov servit un dernier verre à Ludovic en lui proposant de dormir au pensionnat, ce qu'il accepta bien volontiers. La route était longue et il se sentait un peu fatigué.

« Voici donc l'original », fit Ludovic qui avait reconnu la partition.

« Sur une simple feuille A4 », pensa Popov à voix haute.

Alors que Ludovic Heinopietri s'apprêtait à poursuivre la discussion, Popov sursauta, retourna la feuille deux, trois fois, la regarda fixement, la chiffonna délicatement pour s'assurer qu'une autre feuille n'était pas collée.

« Que vous arrive-t-il, Monsieur Popov ? » interrogea inquiet Heinopietri.

Le sang avait quitté la tête du directeur. Siphonné, purement et simplement. À tel point que Ludovic fonça chercher un verre d'eau. Popov était en train de partir. Un infarctus ou quelque chose de cet ordre. Quand il revint, le directeur avait retrouvé quelques couleurs et fixait le verso de la feuille. Dessus, une magnifique peinture à l'aquarelle. Une peinture inachevée, teintée de jaune orangé et de vert pomme, traversée d'une ligne qui s'enroulait en spirale. Parsemée de points colorés foncés, l'ensemble formait un tableau à la signature reconnaissable parmi cent.

« Que se passe-t-il, enfin ? » dit Heinopietri inquiet, le verre d'eau dans la main.

« Voyez-vous cette peinture accrochée au mur ?

— Oui, je la vois... J'en ai remarqué plusieurs depuis ma dernière visite... Et c'est elle qui vous met dans cet état ? »

D'un air coupable, Popov présenta le verso de la partition. Coupable de ne pas avoir écouté le docteur, de ne pas avoir auditionné tous les élèves, sans exception, coupable d'avoir cru une seule seconde que Charrier fût capable d'interrompre ses nuits pour aller jouer du piano, qu'il avait, coup de chance inouï, pu accoucher d'un prodige et, par-dessus tout, coupable d'avoir laissé la pauvre petite Maïna se faire détrousser.

« Vous voulez me dire qu'Hidosa est également douée pour le dessin ? C'est cela ?

— Non, Monsieur Heinopietri. Cette signature inimitable, qui prend la forme d'un dessin, est la preuve éclatante que cette feuille n'appartient pas à Hidosa. »

Voilà comment un petit dessin inachevé suffit à mettre Popov sur la voie. Après un long silence, il s'apprêta à exposer le cas Maïna, puis s'interrompit tout net de peur de passer pour un fou, bondit de sa chaise et invita le producteur à le suivre jusqu'à la salle de musique. Une fois qu'ils furent entrés, Popov éteignit la lumière qui était restée allumée, se mit à chercher une cachette sous le regard médusé de Ludovic. Quand enfin il en trouva une suffisamment à son goût, au fond de la classe, il s'assura, à l'instar de Charrier la semaine précédente, de ne pouvoir être découvert trop facilement et fit asseoir Ludovic d'autorité.

Cela faisait à peine une vingtaine de minutes qu'ils restaient là comme deux sardines immobiles quand le grincement des gonds annonça son entrée. Cette fois, elle ne prit pas autant de précautions. Elle pouvait venir quand elle le souhaitait. Plus que ça, même, elle y était contrainte.

Elle s'immobilisa quelques secondes, s'avança jusqu'au piano, scruta ses lignes régulières, caressa délicatement sa peau d'ivoire puis s'assit. Quand les battements de son cœur devinrent plus réguliers, elle inspira profondément, positionna ses doigts sans hésiter sur un *fa* mineur, ferma les yeux. Comme un Georges Seurat ou un Van Gogh, par petites touches successives, avec justesse et légèreté, elle construisit un monde éphémère et réconfortant de champs d'or et d'arbres fruitiers. En quelques notes espacées, elle fit vibrer de sa main droite les cordes vocales des biches sopranos et de sa gauche, les ours altos assis le long des ruisseaux argentés et des forêts d'arbres bleutés. Ces notes plus graves montèrent à l'assaut des oreilles alertes des lapins fous et des écureuils ivres et railleurs qui sifflaient les brames du haut des cimes chancelantes en sirotant du jus de noisettes vingt ans d'âge accompagné d'escargots grillés.

Nos deux spectateurs anonymes étaient plongés dans une écoute religieuse, subjugués par la force mélodique de la nature. Car leur perception était différente de celle que je vous décris. N'est-ce pas là toute la quintessence de l'art et de la musique ? Quand elle s'émancipe de son auteur pour vivre mille vies ? Lorsque Maïna cessa de jouer, au bout d'un temps trop court, Popov, subjugué par ce qu'il venait d'entendre, se tourna vers Heinopietri, qui lui renvoya un visage aux joues perlées de larmes qui brillaient dans l'obscurité. L'émotion fit rapidement place aux interrogations. Popov avait bien reconnu Maïna. Il connaissait par cœur son parcours, ses difficultés. Comment une enfant sourde pouvait-elle être musicienne ? Était-elle vraiment sourde ou avait-elle menti ? Il devait en avoir le cœur net. Alors il prit une calculatrice qui traînait sur le bureau, la fit voltiger jusqu'au centre de la salle de classe. Le claquement du plastique contre le parquet fit sursauter Heinopietri encore délicieusement bercé. Pourquoi Popov tenait-il à interrompre ce spectacle merveilleux ? Il ne comprenait décidément rien à ce qui se tramait entre ces murs. Maïna, elle, étrangère au bruit qui venait de crever l'obscurité, se lança dans un enchaînement d'accords aux intonations jazz d'une formidable modernité. Heinopietri plongea dans une nouvelle hypnose, claquait des doigts pour accompagner les syncopes et les contretemps fugaces alors que Popov, poussé par l'envie irrésistible de serrer la petite Maïna dans ses bras, se leva brusquement. C'est à ce moment précis que la porte s'ouvrit. Popov se doutait de l'identité du démon qui s'approchait dans la pénombre. Le courant d'air claqua la porte derrière le gluant suppôt de la cupidité et de la vilenie, l'enroulant d'une volute de poussière noire. Mais ce que le directeur ne soupçonnait pas, c'est le degré de violence avec laquelle il comptait arracher sa part de rêve à la petite musicienne.

« Où est ta nouvelle composition ? Veux-tu que tout le monde pense que tu n'es pas vraiment sourde, que tu es une menteuse, une sale petite menteuse ? » écrivait Charrier sur le tableau, tout en lui jetant des regards menaçants.

Maïna aurait eu bien du mal à expliquer son ineffable relation avec les sons. Pour être sourde, elle l'était. Autant qu'une tombe puisse l'être. Dès lors, comment pouvait-elle expliquer les feux d'artifice de notes aux couleurs chatoyantes qui explosaient devant ses yeux à la moindre note de musique ? Jouant sur l'idée commune qu'une personne sourde ne pouvait être musicienne, Charrier avait saisi cette chance extraordinaire et l'avait vendue à Maïna comme une tare que personne ne devrait jamais découvrir. Le secret serait jalousement gardé. C'était mieux pour elle. Et pour lui aussi...

Le petit coup de pouce de Maïna à son amie Martha l'avait jetée entre les griffes acérées du professeur de musique. Elle que les vicissitudes de la vie forçaient à prendre toujours plus de hauteur y voyait le bon côté des choses. Elle pourrait continuer à jouer librement la nuit sans jamais devoir s'exhiber sur scène comme une vulgaire bête de foire.

Si un nuage de malheur pouvait s'immiscer dans les poumons de Maïna, son cerveau, en revanche, ne se laissait pas corrompre facilement. Engagée à composer quotidiennement, elle l'était. Mais elle savait faire la distinction entre un chef-d'œuvre et une bouse. Et des bouses, notre petit poucet était capable d'en composer à la pelle.

« Joue », lui ordonnait-il en pointant le clavier du doigt. « Joue ! »

Et la petite Maïna, d'un geste indolent, sortait une ligne mélodique plate et sans intérêt. Comme à chaque fois, Charrier réfléchit quelques secondes, temps nécessaire à ce piètre mélomane pour qu'une petite voix moins crédule lui confirme qu'il se faisait balader. Alors il cria plus fort, écrivit les mots en majuscule sur la petite ardoise.

« COMME L'AUTRE MORCEAU, LE PREMIER, PLUS BEAU, PLUS BEAU ! »

C'est quand, guidé par l'impuissance, il leva la main pour commettre l'irréparable que les deux hommes bondirent de leur cachette comme un seul boulet de canon. Et avant que Charrier ne réalise, déjà il était projeté à terre dans le bruit des chaises qui s'entrechoquent. À la faveur d'un instant de confusion, la lutte au sol qui s'ensuivit fut à son avantage et il réussit à s'enfuir in extremis. Fuite absurde suivie d'une cavale de trois jours non moins absurde qui s'acheva au commissariat de Rouen, où il dut répondre devant l'inspecteur Marconet de la gravité de ses actes. Le juge estima que les faits étaient suffisamment graves pour un placement en détention préventive. En dépit de son jeune âge, sa brillante progéniture eut droit à une peine plus lourde encore : celle de l'intransigeance enfantine ; mélange de mépris, de moquerie, de rancune. « La tordue », « la voleuse » ou pire ; ses camarades regorgeaient d'imagination pour qualifier celle qui comprit très jeune, mais malheureusement trop tard, le caractère irréversible de certains actes.

Du jour au lendemain, pour Maïna, les brimades et les mises à l'écart cessèrent ; les regards changèrent, miraculeusement. La petite Maïna était devenue la coqueluche de l'orphelinat. Mais pas seulement...

Chapitre 19

L'assemblage de bureaux d'essences de bois variées formait une immense table qui accueillait habituellement les conseils de classe ou les réunions liées à l'organisation d'événements culturels, sportifs, ou de toute autre nature. Sous le lustre aux dix-huit têtes lumineuses, bronze et cristal de Baccarat, dernier vestige d'une époque faste où les pupilles de l'État faisaient encore l'objet de toutes les attentions, les visages étaient fermés, l'heure était grave. Les vieux rideaux de laine jaunis par le temps furent tirés pour éviter l'intrusion des yeux biométriques des paparazzis. Le préfet et le recteur Lou Oria en personne avaient fait le déplacement depuis Caen. Le personnel scolaire regardait, médusé, l'imposant cortège officiel prendre place autour de la table. Le docteur Lebrun, convoqué par le conseil, s'assit en jetant des œillades hostiles à Popov trois chaises à sa droite. Le ton acrimonieux du directeur avait laissé des traces.

Casquette posée sur une grosse tête chauve, visage anguleux et martial adouci par le costume d'apparat brodé de fines feuilles de chêne et d'olivier, pattes d'épaule et parement de manches dorées, le plus haut représentant de l'État en la personne de l'imposant préfet Marignet prit la parole.

« L'institution et jusqu'à l'État lui-même, à travers la réduction drastique des budgets alloués au handicap et à l'éducation, sont complices de cet intolérable fiasco. »

Il s'agissait de se ressaisir sur le cas Maïna Lassalle et de lui offrir les meilleures conditions d'apprentissage et d'intégration dans une structure d'accueil adaptée.

« La responsabilité est collective. Nous devons désormais retrousser nos manches », encouragea-t-il, poings serrés, en accompagnant son geste d'une longue apologie des forces de police qui en à peine trois jours avaient su retrouver l'odieux professeur Charrier.

« Exemplaires, mes hommes l'ont été, exemplaires ils le seront dans la mise en place des mesures qui s'imposent pour assurer la sécurité des pensionnaires et de Maïna compte tenu notamment de l'intérêt qu'elle suscite. »

Par un regard qui vous transperçait et vous intimait l'ordre de ne plus faillir, il poursuivit ainsi :

« J'aime les enfants. Aucun d'eux n'est laid, aucun d'eux n'est idiot, tous méritent d'être aimés contrairement aux adultes dévoyés que nous sommes. Mais faites bien attention, vous tous qui portez sur vos épaules le poids de notre avenir, accompagnez ces enfants, mais ne leur donnez rien qu'ils demandent. Et cela vaut même pour cette petite, que la pitié ou l'admiration bigote pourrait détourner de l'excellence. Laissez-les libres d'être eux-mêmes et soyez vigilants à ce qu'ils ne contractent aucune habitude », poursuivit-il en prenant à son compte les pensées de Jean-Jacques Rousseau.

Ces paroles prononcées en même temps qu'il prenait congé de l'assemblée furent sidérantes :

« Merci d'être ce que vous êtes... »

Et il embarqua son cortège d'assistantes et de policiers, laissant s'exprimer derrière lui un concours de bouches bées.

« Qu'est-ce que ça veut dire ? » demanda Élisa à Mickael Popov.

« Démerdez-vous, qu'ça veut dire, lui chuchota Popov... Je devais faire acte de présence. À vous maintenant de trouver la solution... »

Le chaos général fit place à un tohu-bohu rapidement interrompu par Popov, habitué à naviguer au sein d'une administration parfois inaudible. Peu étonné de la posture politique du préfet, Popov ne comptait pas se laisser distraire. Il reprit les choses en main.

« Avançons ! » lança-t-il.

Un rapide tour de table de présentation, quelques échanges francs et directs rendus jusque-là impossibles par l'effet tornade du préfet, enfin les choses sérieuses pouvaient commencer. La principale difficulté était que l'orphelinat ne disposait pas du personnel adapté pour Maïna. Son handicap était certes à la portée de certains enseignants, notamment d'Élisa, mais pas sa musique.

« Trouvons-lui un nouveau point de chute, suggéra le docteur. Un conservatoire.

— Impossible, répondit Popov qui avait interrogé à peu près tous les conservatoires de France et de Navarre et dont certains, lorsqu'il avait décrit le cas de cette élève, musicienne, sourde, muette et douée par-dessus le marché, avaient pris l'appel pour un canular et lui avaient même raccroché au nez.

— Et moi ?! » glapit Bruno Payol, le nouveau professeur de musique.

Sa peau brune, ses épaules larges, son cou charpenté et ses longs cheveux plaqués en arrière lui conféraient une allure de star du showbiz. Mais le charme du personnage s'évaporait au son d'une voix de crécelle et devant un incorrigible air ahuri qu'il prenait, lèvre inférieure pendante, lorsqu'il réfléchissait.

La réponse unanime, faite de silence gêné, fut cinglante. Au point qu'il finit lui-même par dire dans un sursaut de fierté à peine audible :

« Alors, si je n'ai pas le niveau ! »

Tous étaient à court d'idées quand Heinopietri prit la parole :

« Si nous ne pouvons pas trouver un lieu adapté à Maïna, alors c'est ce lieu qui viendra à elle.

— Pouvez-vous préciser ? dit Popov.

— Eh bien, quels sont les besoins de Maïna ? Une attention particulière ? Un psychologue et un professeur de musique ? Un bon, ou plutôt... le meilleur, oui, j'ai bien dit le meilleur professeur de musique, celui qui saura l'accompagner sans préjugés, sans l'abîmer.

— En connaissez-vous un ?

— J'ai ma petite idée sur le sujet. Encore faudra-t-il qu'il accepte.

— Supposons qu'il accepte...

— C'est bien beau, tout ça, Monsieur Heinopietri, fit le comptable, yeux de taupe planqués derrière d'épais verres de lunettes, mais nous n'avons pas les moyens d'engager de nouvelles dépenses ! Le budget est déjà difficile à boucler alors... Et puis comment expliquer une telle différence de traitement entre les élèves ?

— Dans ce cas, je paierai, moi. Enfin, si vous en êtes d'accord.

— À n'en point douter, le préfet n'aurait jamais accepté une telle idée, s'indigna le docteur.

— Ce point relève de la compétence du rectorat », répondit sèchement le recteur Oria.

Le préfet avait laissé la place à de grands principes que même ses partisans ne furent pas en mesure de défendre, tant la profondeur abyssale des propos avait réussi à noyer les esprits les plus vifs. À l'exception peut-être de Bruno Payol, qui dans une dernière tentative pour s'imposer, émit l'objection qu'une entreprise privée ne pouvait se substituer au rôle de l'administration. Mais tous comprenaient que Payol était plutôt préoccupé par l'arrivée d'un second professeur, dont les compétences dépasseraient largement les siennes. Ce qui, précisément, lui arriva une semaine plus tard. L'impuissance avérée de l'administration à jouer pleinement son rôle, dans un cas si complexe, ouvrit une brèche pour une prise en charge privée. Le recteur donna son accord, heureux de ne pas débourser un seul centime pour la bonne cause. L'expérience pouvait commencer. Mais la somme importante des fonds à engager sur toute la durée du cursus était telle qu'Heinopietri devait sans tarder s'atteler à la signature d'un contrat de production entre sa société et Maïna, et donc, par ricochet, entre sa société et Caroline.

Chapitre 20

Ses recherches commencèrent à Boissy-Saint-Léger, au sud-est de Paris, puis à Noisy-le-Sec, dernier domicile connu de la mère par la sécurité sociale. De là, Heinopietri atterrit dans une chambre de bonne du huitième arrondissement, rue de Miromesnil. À l'énonciation de son nom, la propriétaire brandit rageusement l'astronomique ardoise, soit au minimum, précisa-t-elle, quatre mois de loyers impayés, sans compter les dégradations. Pour éviter de trop longues recherches, ses petites antennes lui rapportant que de nombreux concurrents rôdaient, Heinopietri décida de se faire aider par un professionnel. Alors qu'il venait d'engager Yannick Deschamps, détective privé connu pour sa redoutable efficacité — qui le délesta au passage de plus de douze mille euros —, Caroline se pointa à l'orphelinat, remontée comme une horloge suisse. Heinopietri allait découvrir que cette femme, dépourvue de la moindre once de moralité, rendue instable et méchante par l'abus d'alcool, la pauvreté et une vie dépravée, était dotée d'un formidable sixième sens dès qu'il s'agissait de défendre ses intérêts.

Dans le bureau que Popov avait mis gracieusement à la disposition du producteur, Maïna scrutait froidement l'étrangère. Caroline, rendue mal à l'aise par l'hostilité de ce regard plus indifférent qu'accusateur, baissait les yeux. La négociation s'annonçait des plus compliquées. Elle fut rapidement expédiée. Fort convaincant, Heinopietri fit d'une pierre deux coups. Il s'épargna les doléances d'une mère, qui ne manqueraient pas de croître à mesure qu'elle réaliserait l'extraordinaire valeur de Maïna, et il éloigna ses concurrents, au moins pour un temps.

L'accord fut signé le 3 avril. Maïna venait d'avoir neuf ans. En voici quelques extraits :

(...)

Article 7. La SASU « International Talents Compagny » s'oblige à prendre en charge l'intégralité des frais de scolarité, les soins, ainsi que tous débours nécessaires à la réalisation de l'objet du contrat stipulé à l'article 1.

(...)

Article 12. Caroline Lassalle recevra en guise de dédommagement 2 700 € par mois pendant toute la durée du contrat. Ces sommes seront déduites de celles versées à Maïna Lassalle à sa majorité au titre des droits d'auteur dans les conditions fixées à l'article 9 alinéa 16.

(...)

Article 15. En échange de ce contrat d'exclusivité, la SASU « International Talents Compagny » s'interdit toute divulgation des œuvres artistiques de l'auteur au moins jusqu'à l'obtention par ce dernier de son baccalauréat ou jusqu'à sa majorité. (...)

Article 20. L'intégralité des partitions émanant de l'ARTISTE sera envoyée chaque mois sous pli cacheté, numéroté et séquestré dans un coffre ouvert à la Banque de France sous le numéro 4219687523301. Le BÉNÉFICIAIRE s'interdit toute ouverture des plis avant l'échéance prévue à l'article 15 sous peine de nullité pure et simple du contrat.

Article 32. Afin de préserver l'anonymat et la tranquillité de la famille Lassalle, aucune œuvre de l'ARTISTE ne devra faire l'objet

d'un quelconque acte de commerce avant la majorité de ladite ARTISTE.

Heinopietri était soulagé. Le contrat signé, son investissement était sécurisé. Il pouvait ouvrir les robinets. Mais son pari était risqué. Car il s'agissait de faire porter par ses artistes — ils étaient peu — la charge financière d'un autre qui ne générerait aucune recette avant dix ans. Condition imposée par la mère de Maïna, qui avait parfaitement saisi le risque de condamnation médiatique qui pesait sur sa tête. Il fallait refermer de toute urgence le couvercle. Les talents de sa fille ne devaient en aucun cas mettre en lumière ses propres fautes. Sa première composition resterait donc anonyme.

*

En quinze jours à peine, une équipe de choc, constituée des meilleures volontés, arborait la mine sévère et résolument concernée qu'empruntent ceux qui ont rendez-vous avec l'Histoire.

Einst Engelmann, une sommité dans le monde de la musique, débarqua de Munich accompagné de sa femme et de ses jumeaux de six ans, Karl et Zenzi. Il n'était pas venu pour l'argent, ou en tout cas pas seulement. Les plus grands compositeurs étaient passés entre ses mains. Mais jamais, dans sa brillante carrière de professeur, il n'avait approché semblable artiste. À la surprise du microcosme musical, il lâchait le conservatoire de Munich pour une destination improbable et un projet « personnel ». De quoi éveiller les soupçons.

Sylvie Duramé accepta également. La renommée de cette orthophoniste et psychologue avait traversé les frontières à la suite de la publication de son ouvrage intitulé *L'Enfant muraille.* « La neuropsychologie au service des enfants atteints de surdité n'a d'intérêt que lorsqu'il en ressort des outils pratiques facilement utilisables par un entourage trop souvent isolé et démuni », écrivait-elle dans *Le Journal de l'enfance*. Ce qu'elle désignait sous le nom de « rééquilibrage relationnel transitionnel » donnait des résultats spectaculaires aux dires de nombreuses familles adeptes de cette nouvelle approche thérapeutique. Ludovic lui offrit, à elle aussi, un pont d'or.

Mickael Popov, Einst Engelmann, Sylvie Duramé, Ludovic Heinopietri et bien sûr Élisa Bergoff formèrent le noyau d'une équipe multidisciplinaire au service de Maïna ; une somme de compétences reconnues, mais surtout des hommes et des femmes sensibles, qui ne perdraient jamais de vue, pendant cette longue et difficile période qui s'étira de ses neuf à ses quinze ans, l'intérêt supérieur de Maïna.

DEUXIÈME PARTIE

MAÎNA A 15 ANS

Chapitre 21

Accroupies, Martha et Élisa semblaient à court d'arguments. Assise sur son lit, vêtue d'un gilet vert pâle à la propreté douteuse, d'un jean noir et de baskets blanches usées, Maïna leur tournait obstinément le dos. Depuis une bonne heure, paupières fermées, imperturbable, elle triturait son rosaire en bois de Lourdes, témoignage de sa vie d'avant auquel elle était très attachée et qui avait appartenu à son père. Cela faisait un mois au moins qu'elle ne quittait plus cet héritage liturgique et se réfugiait dans l'oraison. Cinq dizaines de grains et autant de prières, d'implorations, de supplications pour l'aider à trouver le chemin de la vérité.

« Laisse ce truc, ça ne sert à rien ! » maugréa Martha en se laissant tomber aux pieds de son amie.

Cette génuflexion devant celle qu'elle adorait et qu'elle considérait comme sa petite sœur n'y pouvait rien. Dans une révolte feinte, Martha s'approcha pour lui arracher ce maudit rosaire, symbole d'une inquiétante claustration. Mais où était donc caché ce

Dieu sur lequel Maïna tentait désespérément de décharger son fardeau ? À quelles grandes choses était-il occupé pendant toutes ces années de silence ? Quand certaines âmes meurtries par les épreuves de la vie s'en éloignent, d'autres trouvent en lui un réconfort, un espoir, une personne à qui parler, un début d'explication. Tête tournée vers la fenêtre, Maïna refusait une fois encore de s'ouvrir aux consolations. Depuis quelque temps, un vague à l'âme persistant l'isolait des autres. Elle voulait fuir, fuir jusqu'aux mains tendues par l'amitié, fuir le poids de son histoire, se laisser guider le plus loin possible de cette pension étouffante par la voix chaleureuse de son père, la seule qu'elle pouvait entendre encore. Papado avait disparu. C'était hier. Il lui manquait toujours autant. Sa quête pour le retrouver, constante, inébranlable, ne cesserait jamais de la tourmenter. Sa disparition restait un mystère. Qu'elle fût un incompréhensible choix du cœur ou celui de l'impénétrable Providence, Maïna exigeait une réponse. Alors, elle se détournait de tout, y compris de ceux qui l'aimaient, avec la fierté d'un animal blessé. Toutes ces épreuves façonnaient un caractère unique de sensibilité, de persévérance, d'abnégation, de hauteur d'esprit. Il suffisait de lire dans cette apparente dépression les prémices d'un rebond.

Quand Élisa s'inquiétait de son état auprès de Mickael Popov, celui-ci, fort de son expérience, se voulait rassurant. « L'adolescence transforme les petits obstacles du quotidien en d'infranchissables montagnes », lui disait-il. « Maïna a comme perdu l'équilibre, vois-tu, son cerveau s'est gouré de fioles, la chimie mal maîtrisée l'a rendu un brun spleenétique. Dans quelques jours, ou quelques semaines, tout rentrera dans l'ordre. » L'espoir de ranimer son caractère sémillant ne quittait plus son entourage. Mais ceux qui ne faisaient pas partie du cercle musical doutaient parfois. Le temps où la jeune fille forçait l'admiration de tous ses camarades était déjà loin. Maïna cumulait deux motifs d'exclusion : son handicap, dont personne n'ignorait qu'il engendrait son lot incompressible de moqueries et son supposé talent, qui lui valait le surnom de « pianiste fantôme ». C'était le prix à payer. Le prix fixé par sa mère. Rien ne devait fuiter à l'extérieur du pensionnat : ses habitudes, sa scolarité, ses parents, ses séances de travail, etc. « C'est pour son bien », avait argumenté Caroline, pensant plutôt à sa propre tranquillité.

Heinopietri faisait très attention à respecter les clauses du contrat. Il avait investi d'importantes sommes d'argent sur Maïna et ne voulait pas risquer la résiliation du contrat. Mais, après deux ans de régime sec, la santé financière de sa société pâtissait de ces investissements devenus trop lourds. « Hasardeux, tout ça », avait lancé son comptable, Benoît Caillard, dont l'aveugle soumission aux ratios prudentiels le rendait hostile à la moindre prise de risque. « Sur quel chiffre d'affaires tablez-vous », ne se lassait-il pas de demander à son inquiétant patron, « combien, combien EXACTEMENT ? » Et Ludovic répondait un désespérant : « Je n'en sais rien... » Un jour d'hiver, l'huissier délivra une réponse claire à son comptable. La réussite toute relative du catalogue ne suffisait plus à payer les factures courantes. La fin de partie était proche. Visage enfoui entre ses mains, Ludovic tentait de trouver une solution de sortie dans l'épaisse brume qui l'enveloppait. Troisième réunion de la semaine avec le fragile Caillard. Sous ses aisselles, des auréoles de trouille. Caillard avait des bouches à nourrir, une maison à rembourser. Chaque pore de sa peau suintait la frousse. « Pas question de trafiquer les comptes », avait-il dit à son patron, voix tremblotante. « Je ne te demande rien, mais quand le banquier t'appelle, ferme juste ta gueule, dis-lui que tu ne sais pas, joue la montre ! »

Mais déjà, la peur de Caillard se propageait en volutes malodorantes jusque dans les narines des banquiers. Une ultime réunion fut organisée. Une poignée de main moite, un reniflement nerveux et dans l'heure qui suivit, le non-renouvellement des prêts à échéance fut actée.

*

Heinopietri était assis à une terrasse de café, rue des Saussaies, à Paris. Les façades haussmanniennes forçaient l'humilité. Yeux levés vers l'azur transpercé de gigantesques chrysalides de pierre, il se demandait quelles mains richissimes avaient bien pu œuvrer pour bâtir pareils ouvrages. Il se souvint de son rêve d'enfant. *Un jour, moi aussi, je bâtirai quelque chose de grand.* Et puis, adulte, surgissent les barrières invisibles qui ne laissent passer qu'un flot incessant de difficultés ; de celles qui tentent inlassablement de vous décourager et vous renvoient au possible. Comment faire, alors ? Comment faire quand on n'est pas issu d'une famille de commerçants, qu'on ne dispose d'aucune fortune personnelle, qu'autour de vous, personne pour vous montrer le chemin ? « Eh bien, Ludovic, lui avait dit sa mère, quand on n'a rien, on fait avec ce que l'on a ! » Riche de son inaltérable volonté, de sa curiosité et de cette passion chevillée au corps, il partit en quête de ce rêve d'enfant : faire quelque chose de grand, avec rien. Cette pensée le rendit plus léger, presque joyeux. Tout le chemin parcouru était pavé de ces rencontres, de partenaires, de ces artistes plus ou moins brillants qu'il avait su dénicher, de tous ceux qu'il aimait. Cet indivisible tout donnait à sa faillite un sens profond. La solution était en lui, en eux. Quelque part, dans ces gigantesques blocs de béton qui se reflétaient dans ses yeux d'enfant, se cachaient en réalité des hommes bien plus grands encore, à qui il pouvait se confier, avouer ses faiblesses et qui continueraient à nourrir ses rêves.

Il termina son café, ramassa les clefs de son appartement, régla l'addition et se leva. Il devait parler à Maïna. Elle était en âge de comprendre.

Chapitre 22

Une grosse mouche engourdie par la moiteur de juillet vint se poser sur la table de chevet. Martha jeta sa main parallèlement au plan horizontal et referma ses doigts avec la rapidité d'une mante religieuse. Dans le creux de sa main résonnait le bruit strident des ailes qui s'entrechoquent pour retrouver la liberté.

« T'es vraiment dégueu », fit Maïna en langue des signes, qui connaissait parfaitement le sort que Martha réservait à ses prisonnières. « Comment peux-tu dire que tu aimes les animaux après ça ?

— Je n'aime pas les animaux...

— À part les chiens...

— Oui... les chiens... pour leur regard. Mais... cette mouche... ou plus exactement cette petite salope de mouche ! Dans sa courte vie, sais-tu combien de gosses elle va oser engendrer ? Non ? Eh bien, je vais te le dire, moi : elle va en faire mille, t'entends ? Comment veux-tu qu'elle leur apprenne à bien se tenir ? En faire autant, c'est pas humain. Regarde-les, les effrontées. Et celle-là ! Vas-y que je te tourne autour, que je me pose sans autorisation sur ton assiette. Progressivement, elle resserrait ses doigts. Moi, Martha Trouvé, je leur dis droit dans leurs yeux de robots aux quatre mille facettes qui te pénètrent sans vergogne : je t'emmerde, toi et toute ta marmaille ! »

Maïna répondit au craquement par un air de dégoût.

Selon les jours, la cohabitation oscillait entre complicité et incompréhension. Toutes deux partageaient une petite chambre de l'orphelinat à la décoration surannée, mais pas la même envie d'apprendre. Malgré une moyenne générale en baisse, le passage de Maïna en terminale semblait assuré. Le cas de Martha était plus délicat. Le redoublement, inévitable, sanctionnait une année difficile. Indisciplinée et insolente, elle avait réussi le tour de force de braquer tous ses professeurs. Maïna devrait consoler son amie. Le redoublement les rendait moins tristes que l'idée d'être séparées.

« Voilà pourquoi on trouve des gosses frigorifiés au pied des églises. Y a des femmes qui ne devraient pas avoir le droit...

— Tu penses que ta mère mérite le même sort que cette mouche ?

— Peut-être bien », répondit Martha en laissant rouler une larme sur sa joue.

*

Ludovic rendait visite à Maïna au moins une fois par mois, parfois, toutes les semaines. Jamais pour exiger d'elle d'augmenter sa cadence de travail, pas même ces derniers trois mois, où elle n'avait livré qu'un tas de feuilles blanches. Sa chrysalide devait éclore dans la sérénité avant de s'envoler vers son destin. Pendant cette période, il se contenta de tendre une oreille attentive et bienveillante à ses états d'âme d'adolescente. Cela se traduisait par une visite de courtoisie chez Popov, à qui il vouait une grande admiration, puis par une réunion à huis clos avec Einst Engelmann et Sylvie Duramé, plus formelle.

Quand Ludovic apparut dans l'encadrement de la porte, un frisson traversa le corps de l'adolescente. Elle sentait dans son attitude que le producteur était porteur de mauvaises nouvelles.

« Bravo, Maïna, j'ai vu ton brillant bulletin.
— Merci, Ludo, mais… tu n'es pas là pour ça…
— Non, en effet…
— Dis-moi, qu'est-ce qui se passe, c'est ma mère ?
— Non non, rien à voir… Enfin pas directement. Maïna, je ne suis plus en mesure de payer ne serait-ce qu'un rouleau de papier toilette. Et ta mère me met en demeure de payer les avances sur droits sous peine de rupture du contrat.
— Mais toutes ces années où tu m'as aidée ?
— Je sais…
— Et Einst, et Sylvie ?
— Probablement qu'ils continueront…
— Comment ça ?
— Eh bien, dans la mesure où Caroline vient de déclencher la procédure, et où les banques ne me suivent plus, ma société va être placée en cessation de paiement et… elle devrait être assez vite rachetée…
— Par qui ?
— Je n'en sais rien pour le moment…
— Mais notre travail… Je veux dire… les partitions ?!
— Elles sont séquestrées jusqu'à ta majorité, tu le sais bien.
— Et que se passera-t-il le jour de mon anniversaire ?
— Le repreneur pourra ouvrir le coffre… et se servir… Je suis tellement désolé Maïna de te parler de tout ça…
— Et si ma mère t'autorisait à produire une ou deux musiques, histoire de tenir le coup ? Je suis bientôt majeure après tout !
— Elle a refusé.
Maïna marqua un temps de réflexion. Ludovic n'eut pas besoin de poursuivre. Elle avait tout

compris. Son regard brillant et son petit sourire espiègle le réconfortèrent.

— Tu sais, lui dit-elle, son rosaire en main, chaque jour qui passe, je remercie le ciel de t'avoir placé sur ma route Je sais que depuis le début tu fais tout ce que tu peux pour moi. Alors, ne sois pas inquiet, nous irons ensemble jusqu'au bout. Que comptes-tu faire en attendant ?

— Tu es gentille Maïna. Je vais essayer de sauver ce qui peut l'être, éviter les plus mauvais coups…

— Et… préparer l'avenir ! J'ai une idée, pourquoi ne vendrais-tu pas l'appartement ? »

Tournée contre lui-même, une colère l'envahit. D'un signe de tête, il refusa catégoriquement. Cet appartement où avaient vécu Maïna et ses parents, il l'avait acheté afin de le lui offrir à la sortie de l'orphelinat. Plus que quelques pierres recouvertes d'une charpente coiffée d'ardoises, elle était tout un symbole, attestant qu'il plaçait sa protégée au-dessus des contingences financières. Par ailleurs, la maigre somme qu'il en aurait tirée n'aurait pas suffi à rembourser ne serait-ce que le millième des dettes abyssales qu'il avait contractées. Pour le sauver des saisies, Jacques Martinaud, son ami d'enfance, lui était venu en aide en lui achetant l'appartement. Un portage temporaire comme il s'en pratique couramment dans les affaires. Ainsi fut-il sauvé de la gabegie.

Ce que Ludovic ne dit pas à Maïna, par pudeur et aussi parce qu'il ne voulait pas donner un ton mélodramatique à sa visite, c'est qu'une caution solidaire avait déjà emporté sa femme et sa maison. Il est là le grand luxe, pensa-t-il : retrouver le charme frugal d'un studio de quatorze mètres carrés, seul, aussi pestiféré que peut l'être un entrepreneur sur la paille, alors que, quelques semaines auparavant, il vivait dans les beaux quartiers de Neuilly, que le microcosme des producteurs le montrait en exemple pour avoir déniché une artiste unique. Les seuls qui ne lui avaient pas tourné le dos revêtaient désormais des habits d'huissiers. Des huissiers à l'amour sans limites qui campaient sur son paillasson et y déversaient un flot incessant de factures, de mises en demeure, d'injonctions de payer.

Avant de quitter Maïna, Ludovic saisit le stylo posé sur le guéridon au vernis écaillé. Il nota au dos d'un morceau de papier son nouveau téléphone ainsi que sa nouvelle adresse et l'enlaça tendrement.

Chapitre 23

Un jet privé floqué au nom de Maert se posa avec la délicatesse d'une plume sur le tarmac de l'aéroport Paris-Charles-de-Gaulle. Affairiste autrichien, magnat de l'immobilier, l'homme était à la fois fromager, brasseur et hôtelier, sans avoir jamais mis les pieds dans aucune fromagerie, ni dans aucun champ de céréales. Quant à sa connaissance des hôtels, elle se limitait aux petites douceurs qu'il venait y cueillir tandis que sa femme restait au foyer pour s'occuper de leurs deux enfants. Désireux de se diversifier plus encore en investissant dans le showbiz, il multipliait les déclarations pour attirer ses premiers talents. Depuis sa cellule, Charier l'avait contacté en monnayant l'information selon laquelle une artiste de génie était en train d'éclore dans la poussière d'un orphelinat. Entre-temps, la société de Ludovic Heinopietri avait fait faillite. Voilà comment le nouveau producteur se présenta devant la barre du tribunal de commerce, bien décidé à racheter la société de Ludovic, et avec elle le contrat de Maïna et les partitions séquestrées dans un coffre de banque.

La cinquantaine autoritaire, un visage dur, yeux fins soulignés par des sourcils froncés, physique râblé, puant la magouille et les coups tordus jusque dans sa démarche claudicante et sa peau d'ananas, Maert tendit son offre d'une main assurée. Lunettes sur le bout du nez, le juge renvoya un air soucieux avant de lever des yeux scrutateurs sur l'homme qui se tenait debout devant lui. La partie de ping-pong dura quelques secondes. Des dossiers comme celui-là, il en traitait des tonnes à la semaine.

La reprise de la société de Ludovic Heinopietri et de tout ce qu'elle contenait fut actée sur-le-champ. Friech Maert remporta l'affaire à l'euro symbolique. Et moins d'un million d'euros de dettes à éponger. Une broutille au regard d'une fortune personnelle difficile à estimer tant elle était colossale. « Avec Maïna, je vais tout péter », disait l'heureux repreneur à qui voulait l'entendre. « Si la poule aux œufs d'or casse sa pipe ou que, par caprice, elle ne proroge pas son contrat à son terme, les partitions séquestrées suffiront à rentabiliser mon investissement. » C'est que Charrier lui avait retranscrit l'unique partition qu'il avait réussi à lui soutirer et n'avait pas tari d'éloges à son propos.

De retour dans son jet, Friech Maert sirota une blonde. Bientôt il irait voir l'artiste. Rien ne pressait. Elle lui appartenait. Peut-être pas tout entière. Une partie. La partie la plus importante. Sa musique. Le gras, comme il l'appelait. Et si elle refusait de travailler pour lui ? Si elle jouait les mijaurées ? Il la retournerait comme une crêpe. Les adolescentes adorent les vêtements, la mode, l'argent. Il l'imaginait en guenilles, la morve au nez ; une sorte de Tarzan musicienne fraîchement sortie du bois. Il lui offrirait les manières, le raffinement, le statut social.

Le pilote poussa le manche. Réveillés en sursaut, les réacteurs crachèrent leur énergie dans un bruit assourdissant. Au milieu de la piste, l'avion se cabra. Maert adorait ce moment d'apesanteur. Le seul où il se sentait léger. Par les hublots, la ville scintillait de mille étoiles artificielles qui traçaient une multitude de routes rectilignes. Tout s'annonçait sous les meilleurs auspices. Il imaginait ses partitions comme une planche à billets. Il ne put refréner un rire. Faire de l'argent avec de la musique. Drôle. Lui qui pensait que la musique était inutile. Comme tant d'autres choses : le sport, la peinture, les conversations entre amis. Tout ce qu'il ne pouvait valoriser financièrement était inutile. Maert se considérait comme un alchimiste, transformant une peinture en bateau de croisière, une conversation en siège dans une assemblée quelconque, une musique en patrimoine immobilier. Et rendait utile l'inutile. Il glissa la main dans la poche de son veston. La clef en bronze était toujours là. Il la serra précieusement. Il devait y faire attention. Elle ouvrait une porte magique. Consignées chaque mois depuis une dizaine d'années dans le coffre numéro A145563 de la BNP rue Médicis à Paris — jusqu'à la majorité de Maïna et l'obtention de son baccalauréat —, les deux cent quatre-vingt-deux précieuses partitions.

Chapitre 24

Six mois plus tard, à l'orphelinat.

« Êtes-vous certaine de votre... traduction ? » interrogea Maert.

Élisa acquiesça.

« OK, Maïna, tu ne me connais pas. Mais depuis six mois, qui paie tes professeurs ? Moi, oui, moi ! Crois-tu que ce soit la bonne façon de me remercier ? Traduisez tel quel ! »

Élisa s'exécuta poliment, même si elle savait pertinemment que Maïna avait atteint un degré de compréhension dans la lecture labiale qui rendait inutile sa traduction.

— ...

— ...

— Maïna dit que son producteur s'appelle Ludovic Heinopietri.

— Cette brèle incapable de compter sur ses dix doigts ? Haahhh. Désormais, c'est moi, ton producteur. Regarde, c'est écrit là de la main même du juge. Traduisez !

— Ludovic est loin d'être une brèle », relaya froidement Élisa.

Réponse laconique et extrêmement frustrante pour cet homme peu habitué aux contrariétés.

« Quand tu auras obtenu ton diplôme — article 15 de ton contrat, je te laisse vérifier —, toutes tes partitions m'appartiendront, tu m'entends ? Un pactole pour moi et un tremplin pour toi. De quoi sortir un paquet d'albums et faire de toi une star mondiale. Réfléchis bien. Combien d'années te faudra-t-il pour tout recommencer ? Combien ? Dix ?

Quinze ? Alors, lis sur mes lèvres, petite teigne, renchérit-il en plaçant le bout de son index sur sa bouche : soit tu es avec moi et nous continuons à avancer ensemble en prorogeant ton contrat, soit je commence la production en te laissant sur la touche. Qu'est-ce que tu choisis ?

— …

— Je suis désolée, fit Élisa avec diplomatie, mais Maïna reste sur sa position. »

Maïna avait une excellente mémoire. Comment oublier les risques considérables qu'avait pris Ludovic et dans quelle situation il se trouvait désormais ? Le moment de lui rendre ce qu'il lui avait donné approchait. Peut-être que si Maert s'y était mieux pris, sa position aurait été plus souple. Et qu'un compromis aurait été trouvé. Toujours est-il que Maïna se leva, esquissa un petit sourire poli qui mit un terme définitif à l'entretien. Maert, souffle coupé, la dévisagea, puis partit furieux, vitupérant jusqu'aux menaces à peine audibles tout en s'enfonçant dans les longs couloirs du pensionnat. Sa voix finit par s'éteindre dans un claquement de porte.

Chapitre 25

Maïna adorait lire. Toute jeune, les livres à la tranche rose pâle, puis verte, puis tous ceux qui lui tombaient sous la main. Toutes sortes de romans. Et aussi des journaux, très souvent. Le plaisir qu'elle éprouvait en s'informant était différent. Une goulée d'ailleurs à fréquence hebdomadaire. Rendez-vous immanquable du dimanche matin, sur un carré d'herbe. Ce jour, les épreuves du baccalauréat et les résultats sur le point de tomber occupaient deux pages.

Lundi, 8 heures.

Magique de se retrouver hors des murs de l'orphelinat. Les klaxons protestaient dans le brouhaha du centre-ville. Le vent, qui soufflait en rafales, peinait à évacuer l'écume gazeuse de l'asphalte. *La Nouvelle République*, quotidien tourangeau, se crispa, comme pour échapper à une lecture impudique. Devant le lycée, les listes des bacheliers tardaient à se dévoiler. Quand les autres élèves se rongeaient les ongles, accompagnés d'un ami ou d'un parent, Maïna préférait museler la révolte des feuilles et poursuivre l'interrogatoire. Qu'avaient-elles à raconter ? D'abord les pages économiques. Ce monde auquel elle n'avait encore jamais été confrontée la passionnait.

« International : la situation en Italie s'aggrave. Le pays traverse la plus grave crise économique de son histoire. De douloureuses coupes budgétaires semblent inéluctables. L'Europe enjoint Alessandro Bianchi d'étaler sa dette sur le modèle espagnol. »

Maïna humidifia le bout de son doigt et tourna la page. Elle snoba la page des sports. Faits divers. Elle ne les lisait jamais, refusant d'entrer dans l'intimité de ces vies brisées, de devenir le témoin froid de leur douleur, du brouillard épais qui engloutissait des enfants, des familles entières. Le simple survol de ces titres suscitait en elle un malaise, une angoisse. Elle revint brièvement sur les sports et la victoire historique du Sénégal en Coupe du monde, sauta jusqu'à la page santé, lut distraitement l'article sur la loi belge d'arrêt des traitements pour les comas de très longue durée. La photo du jeune ministre contrastait avec la gravité du thème. La légende décrivait :

« Dans son bureau, le ministre de la Santé, Enrik Bayer, relit son texte de loi sur la fin de vie. »

Puis, le journaliste interrogeait un député d'opposition :

« Cette loi ignominieuse, destinée à débrancher systématiquement les patients dans le coma depuis plus de dix ans, est une honte pour notre pays, s'indignait-il. Malgré le tollé général, les voix d'éminents philosophes et d'hommes de foi appelant le gouvernement belge à la raison, la loi a été adoptée cette nuit en première lecture. Une centaine de familles belges enjointes de faire leurs adieux à leurs proches ! » expliquait le journaliste. Maïna glissa le journal dans son cartable. L'horoscope attendrait. Il y avait plus urgent à lire.

Les premiers cris de joie et de déception jaillissaient des listes. L'euphorie communicative créa un mouvement de panique. Maïna cherchait son nom. Un homme fendit la foule comme un chasse-neige. Les élèves poussés sur les côtés protestèrent mollement. Maïna, elle aussi, fut poussée. Lettre L. La main replète de la brute éclipsait la liste des noms.

Le doigt boudiné descendit progressivement puis s'immobilisa, découvrant son nom : Maïna LASSALLE. Le cri du rougeot prit Maïna de court, confisqua sa joie. Elle s'écarta du malotru spoliateur. La vie s'obstinait à la voler : des êtres chers, ses créations, et maintenant ses joies. Même une joie pouvait être volée. Maïna reconnut l'homme qui partait en brandissant ses poings fermés. Évidemment, il s'agissait de Friech Maert. Il pouvait enfin avoir accès à ses partitions.

*

« Le bac, ça se fête ! » avait décrété Popov. Dans la cour principale de l'école, des guirlandes d'ampoules balançaient leurs halos de lumières multicolores au-dessus des tables tapissées d'amuse-gueules. Pour l'occasion, on avait sorti des bouteilles de jus de fruits, et même des bouteilles de champagne. Le haut-parleur grésilla, comme rechignant à sonner le tocsin ; certains bacheliers brûlaient de partir, partageant avec enthousiasme leurs projets futurs comme un feu qui crépite avant la flambée. D'autres, retenus par leur choix de poursuivre des études supérieures, attendaient leur tour patiemment. Les premières nappes de violon descendirent le long des arbres en fleurs. Dans la cour, les professeurs formaient une haie d'honneur. Par capillarité, leurs pieds enracinés dans une attente interminable trépignaient d'impatience. Au bout de leurs doigts, des vibrations de joie communicative. Au son de *Gloria* de Vivaldi, un à un, les bacheliers commencèrent à se jeter en courant entre ces murs du savoir, de la connaissance, parfois, il faut bien l'avouer, de la médiocrité. Les élèves les gratifiaient d'étreintes reconnaissantes, d'un regard complice, d'un signe de tête timide, en ignoraient certains. Le rythme de leurs pas pouvait varier. Lents, hésitants, rapides pour abréger les adieux et sauter du nid. Mélange d'émotion, de joie, d'hilarité, même. Marie, robe blanche et queue-de-cheval, tout sourire, marchait ainsi au ralenti. Jules, veste marron, pantalon bleu en toile dépareillé, l'air insouciant, assumant sans honte ses mocassins noirs cirés à la bouillasse ; Florent, maladroit, trébucha puis se rattrapa in extremis dans les bras de son professeur d'histoire. Tous les adultes applaudissaient, fiers, émus de quitter en quelque sorte, une fois encore, leur propre enfance.

Ce fut au tour de Maïna. Elle fit un pas en arrière, prit son élan, s'élança, bras levés vers le ciel. Le moment était venu de remercier tous ceux qui l'avaient soutenue, des femmes de service jusqu'au directeur. Au bout de l'allée, elle fit une courte pause, s'imagina l'ombre de Papado au milieu d'eux, un chapeau sur la tête et son sourire qui entrait progressivement dans la lumière. Tous le congratulaient. Il était fier.

TROISIÈME PARTIE

MAÏNA ADULTE

Chapitre 26

Un premier recommandé fut envoyé à Maïna.

« Mademoiselle Lassalle, prenez garde à respecter scrupuleusement les termes des engagements et à ne rien composer se rapprochant des partitions originales dont ma holding Maert Universal Business est propriétaire. Dans le cas contraire, comptez sur moi pour donner à notre affaire un tour contentieux, etc. »

Le ton avait de quoi inquiéter. *La peste va se chier dessus avec ça. Le temps qu'elle compose une dizaine de nouveaux titres, j'aurai épuisé tout mon stock.* Pourtant, à la lecture du courrier, Maïna sourit. Ses lèvres pleines et joliment dessinées dévoilèrent des dents blanches parfaitement alignées. Le même sourire serein qu'arborait Ludovic Heinopietri à quelques kilomètres de là, penché au-dessus d'un minuscule bureau en chêne nervuré. Le bois exsudait des relents de poisson pourri qui remontaient en effluves jusqu'à ses narines et lui coupaient la faim. Il mit au coin son assiette de rogatons, saisit la lettre recommandée. Encore des emmerdements, pensa-t-il. De guingois, son vieux bureau sorti de la rue témoignait de sa nouvelle vie d'entrepreneur précaire ; l'un de ses quatre pieds protestait vigoureusement contre la désespérante insouciance de son maître. Comme ses oripeaux dont il avait un peu honte quand il croisait quelqu'un de son ancienne vie ou le fatras de vieux objets qui l'encerclaient. Tout son environnement s'était passé le mot pour lui rappeler le prix de sa décrépitude. Il lut, d'un air détaché, savoura la formule tranchante :

« ... Si toutefois la société que vous avez immatriculée venait à produire des œuvres de Maïna Lassalle se rapprochant des partitions originales dont ma holding Maert Universal Business est la nouvelle propriétaire, je ne manquerais pas de donner à cette affaire un tour contentieux... »

Ludovic plia en six le courrier, se pencha sous le bureau et prit soin de le caler avec. *La classe... Après les créanciers, au tour des concurrents de me soutenir dans mon nouveau projet.* Maert se montrerait intraitable, donc.

Exactement ce dont il était question à l'étude de Maître Bazire.

« Qu'est-ce qui vous inquiète, exactement ? fit l'avocat à Maert.

— Les partitions ont pu être copiées avant la mise sous enveloppe...

— Peut-être, oui.

— Certainement...

— Monsieur Heinopietri aurait-il pris le risque de faire une copie sachant qu'il violait les termes du contrat conclu avec Caroline Lassalle ?

— Et... la mémoire des doigts... Je me méfie de cette peste.

— Dix ans de partitions, ça fait beaucoup à retenir pour seulement dix doigts...

— Ça vaut toutes les imprimantes, Maître.

— Mmm... Au moindre plagiat, nous demanderons l'arrêt de la distribution en référé.

— Et des dommages et intérêts !

— Eh comment ! Je vous garantis que vos amis retrouveront rapidement la raison. »

Maert sortit de l'étude rassuré. La bourrique sourdingue et son bras cassé étaient avertis. Il pouvait continuer d'investir massivement dans ce projet. Au pas de charge, sa société de production fut staffée comme les majors ; l'élite, délogée par une armée de chasseurs de têtes, au garde-à-vous depuis plus de deux mois. À la direction artistique, Andréa O'Digan, la soixantaine, dont trente passés chez Sony, n'avait jamais vu autant d'argent dépensé pour une œuvre dont on ignorait tout ou presque. Mais vu que Maert semblait savoir où il allait... O'Digan sauta sur l'opportunité sans trop hésiter. Salaire doublé, parachute doré, appartement et Mercedes de fonction, chauffeur, etc. Et en bon général soucieux de défendre ses propres intérêts avant ceux de son nouveau patron et de terminer tranquillement sa carrière, il n'émit qu'une timide réserve.

« Ne pensez-vous pas qu'il serait plus prudent d'attendre d'évaluer la qualité des compositions avant d'engager autant de fonds ? Tout ce beau monde en studio... Nous pourrions peut-être... Ce compositeur, qui est-il ?

— On ne fait pas de business sans prendre de risques, interrompit Maert, sur un ton directif. Et puis en procédant de la sorte, nous perdrions un temps précieux. Quant au nom du petit génie qui préfère vivre au fin fond de sa grotte, tu le connaîtras bientôt. Engagez les agendas des meilleurs, quitte à les laisser quelques jours se tourner les pouces ! »

L'absurdité du raisonnement acheva de convaincre O'Digan : Ce type-là, qui avait si bien réussi en affaires, non seulement n'y connaissait strictement rien à la musique, mais était d'une rare stupidité. Son point de vue se confirma le jour ou Maert lui tendit la feuille de route déraisonnablement resserrée. O'Digan ouvrit son carnet d'adresses et mit la machine en route. Les petites heures d'un lundi d'août livrèrent les meilleurs arrangeurs, musiciens, techniciens, ingénieurs du son, au prestigieux studio d'enregistrement Davout.

*

Devant la BNP un 103 SP pétaradait fièrement le long de la rue. Dans le sillon des gaz d'échappement, adossé à un réverbère, Maert trépignait d'impatience. Sa Rolex indiquait 8 h 04. La mobylette n'en finissait plus de faire des allers-retours. Il aurait bien tendu un fil en travers de la route pour décapiter le conducteur.

Dix ans de créations séquestrées et bientôt, la lumière. Un braquo sans détonateur, sans plastique, sans avoir à creuser de galerie souterraine, sans effusion de sang. Maert était un maître dans le rachat d'actifs d'entreprises. Un nez. Et à chaque fois qu'il s'apprêtait à ramasser la mise, ce même sentiment de jouissance turpide.

Tino et Pepe Rodriguez, son frères jumeaux à la mine patibulaire, lunettes de soleil, muscles saillants menaçant de craquer les coutures de leur costume noir trop étroit le saluèrent. L'atmosphère devint pesante. Les passants, à pied ou en voiture, les chiens, les chats et même les pigeons fuyaient le danger qui s'annonçait. Fallait voir leur allure, la façon dont ils vous dévisageaient, main posée sur la crosse du flingue. À la moindre étincelle, au moindre mouvement suspect, certain qu'un déluge de plomb s'abattrait sur le quartier tout entier. Consigne du client.

Après avoir vérifié qu'aucune âme suspecte ne guettait aux alentours de la banque, ils escortèrent Maert jusqu'au coffre.

« Qu'est-ce qu'on vient chercher, exactement ? avait demandé Tino à Maert.

— T'inquiète, de la musique », lui avait-il répondu, évasif.

Pas banal, tout de même, avait pensé Tino, sortir le lance-roquettes pour de la chansonnette.

Dans le sous-sol de la BNP, Maert jeta un œil inquiet. Autour de lui, du sol au plafond, des centaines de coffres repus ricanaient, rompant un silence sépulcral. *Finira pas dans tes poches, tout ce pognon !* Ça le rendait nerveux. Une goutte de sueur perla le long de sa nuque jusqu'à disparaître dans le tissu bleu de son col auréolé. L'huissier de justice tourna la clef. Le cliquetis métallique libéra l'ouverture de la petite porte. Ses yeux torves camouflés derrière des sourcils broussailleux fixaient la pile d'enveloppes blanches et marron. Il vérifia scrupuleusement. Toutes étaient bien cachetées. Il dressa le constat puis prit congé de son client. Maert saisit la première enveloppe et s'apprêtait à l'ouvrir quand l'alarme incendie retentit. Ni une, ni deux, l'homme d'affaires vida le coffre, enfourna le trésor dans sa sacoche en cuir. Une odeur de cramé lui fit accélérer le mouvement. Tous trois coururent le long du couloir, dévalèrent les marches de l'agence pour se retrouver sur le trottoir, mêlés aux employés effarés, yeux tournés vers la façade fumante de l'immeuble. Déjà une vingtaine de pompiers engoncés dans leur équipement antifeu étaient à la manœuvre, encerclant le bâtiment de dizaines de tentacules gonflées d'eau.

Le studio d'enregistrement ne se trouvait qu'à deux rues de là. D'un mouvement de tête autoritaire, il invita Tino et Pepe à le suivre au pas de charge. Un peu de sport ne lui ferait pas de mal. Il avait grossi ces derniers temps. Il s'en était rendu compte en allant pisser, l'autre soir. Son ventre proéminent obstruait complètement la vue sur son sexe recroquevillé. L'alcool aidant, une brève inquiétude l'avait envahi. Il s'était mis à tâtonner nerveusement, pensant l'avoir perdu, l'avait agrippé du bout de ses deux doigts et avait uriné en se promettant de maigrir. S'il réussissait en affaires, c'était grâce à la taille de son tout petit sexe. Une compensation du créateur. Tout a un sens. Suffit de chercher. La double porte majestueuse qui ouvrait sur un studio au luxe chaleureux chassa cette image dégradante. La fine fleur du monde musical y était réunie. « Un producteur prêt à prendre tous les risques », lisait-on dans les pages culturelles du *Monde*. Voilà qui avait de quoi surprendre. On n'aimait pas trop les risques dans ce métier. Dans l'agora, plus d'une centaine d'artistes accueillirent ce nouveau venu sous une pluie d'applaudissements. Maert exultait. Il brandit sa sacoche comme un trophée. Sans attendre, le directeur du studio, Erman Gurffing, lui indiqua un bureau sur le côté de l'immense salle de répétition où il put s'installer. L'affaire était sérieuse et ne devait souffrir aucun temps mort.

D'une longueur de trois mètres, en merisier encaustiqué à la cire d'abeille, ce bureau-là tenait solidement sur ses quatre pieds. L'assemblée observait dans un silence monastique chaque mouvement de Maert. Celui-ci prenait son temps, fanfaronnait, racontait avec force détails dans quelles périlleuses conditions il était parvenu à extirper les partitions in extremis du feu, au péril de sa vie. Tino et Pepe, guindés, acquiesçaient dans un concert de ohhh et de ahhh d'émerveillement. Après une ultime rodomontade, Maert saisit la première enveloppe du tas. Il l'ouvrit comme on ouvre une facture de frais généraux, machinalement, extirpa sans ménagement la feuille qui s'y trouvait. Il en ouvrit une seconde, puis une troisième. Le sang abandonnait son visage. À la dixième enveloppe, Maert se retint sur le rebord de la table pour ne pas s'écrouler. Sa peau d'albâtre devint translucide. Il en ouvrit vingt, puis trente, rageusement, désespérément, puis toutes, jusqu'à la deux cent quatre-vingt-deuxième. À chaque fois la même blague puérile. À chaque fois un dessin ou deux, au crayon de couleur ou à la peinture. Les œuvres abstraites arrachèrent des rires étouffés. On ne savait plus quoi penser. Les musiciens s'écartèrent de la victime. O'Digan les regardait s'évaporer. Tant d'années passées à leurs côtés. Il les connaissait tous. Il ne fut pas surpris de leur réaction. Les musiciens ont cette sensibilité qui les rend délicieusement empathiques.

Plus d'une heure s'écoula. Seuls Pepe, Tino et O'Digan étaient encore présents. Maert était figé sur sa chaise. Son corps souffrait d'une avarie. Pour éviter le naufrage, sa tête commanda à son cœur de pomper. *Pompe, pompe, merde !* Des quatre coins du monde, provenant de toutes les espèces à sang chaud, du sang afflua jusqu'à sa tête. *La tête, la tête !* La colère rougissait ses yeux globuleux, redressait son buste. Il voulait hurler.

« Ça va, Monsieur ? » fit Tino, affichant une inquiétude professionnelle.

« TA GUEULE ! » hurla Maert, bien heureux de sauter sur l'occasion pour dépressuriser une cocotte-minute sur le point d'imploser, avant de foncer dans le tas tête baissée.

Tino esquiva sans difficulté. Maert fit volte-face, aidé par un centre de gravité bas, tenta deux coups de poing malheureux avant qu'une beigne bien posée ne vînt mettre un terme à sa pathétique crise de nerfs. Son corps étendu sur le dos, les dessins voltigèrent un instant avant de former tout autour un patchwork aux couleurs bigarrées.

« Elle était belle, celle-là, félicita Pepe.

— Magnifique, ouais... avec la tranche », répondit Tino, tout sourire, en lui montrant sa main rougie. « Diagonale, de haut en bas, BAM, la panenka de la baston, y a pas mieux. C'est Jeff qui m'l'a appris aux Tarterêts. Pas facile. Vraiment pas. Faut la tenter au moins une fois dans sa vie. Tu verras, après tu passes dans une aut'dimension. »

Chapitre 27

Ulcéré d'avoir été ainsi floué, l'avocat de Maert fit savoir dans un communiqué de presse que son client allait porter plainte pour escroquerie. Escroquerie. Le mot était lâché ; violent, blessant, humiliant, tellement éloigné des valeurs de Maïna. Le parquet fut d'une surprenante efficacité. Dans la semaine, Maïna et sa mère furent embarquées manu militari au commissariat d'Alençon.

Plus de dix ans s'étaient écoulés depuis le dernier passage de Maïna dans un commissariat. Elle en gardait un souvenir encore vif. L'odeur de la javelle remplaçait désormais celle du tabac froid. Les vieux dossiers poussiéreux jadis posés à même le sol s'étaient caltés. Mais les avis de recherche étaient toujours présents. Placardés sur les murs, des dizaines de visages fermés formant la marche immuable des disparus tentaient désespérément de sortir de l'oubli. « Retrouvez-moi, suppliaient-ils, qu'un linceul m'offre enfin le repos éternel. » Maïna frissonna. Des fonctionnaires au cœur de pierre, devenus gardiens de l'oubli, la croisaient ; garde-temps des tragédies, d'une disparition qui l'avait engloutie. Son père était pourtant là, quelque part dans ces placards, bâillonné dans la froide indifférence de ces ombres. Aucune enquête ne viendrait jamais à son secours.

Maïna, bras croisés, se tenait droite comme un piquet. Les premières questions de l'inspecteur Leroy, bien qu'assez précises, semblaient s'adresser à une personne attardée et fragile. Les réponses de

Maïna tombaient comme du bois sec. Sa dédaigneuse assurance le surprit. Un air de profonde défiance qui alourdissait l'atmosphère. Dents serrées, Maïna luttait pour ne pas lui cracher à la figure. *Maert a moins besoin de toi que mon père.* L'homme poursuivit l'interrogatoire avec une délicatesse exagérée, reformulait ses questions. Mais la jeune délinquante qui lui faisait face lui aurait bien fracassé son joli minois contre le coin du bureau avant de lui arracher ses deux yeux bleus. Cette violence valait aveu de culpabilité. Le juge des libertés — qui n'avait pas deux minutes devant lui — suivit l'avis du policier et plaça les deux femmes en détention provisoire, le temps de l'enquête.

Chapitre 28

Les journaux s'intéressèrent à cette affaire peu ordinaire.

« Un orchestre symphonique composé des plus grands solistes de notre temps repart faute de partitions, relatait *Le Parisien*. Maert, producteur et richissime homme d'affaires autrichien, pourtant reconnu pour sa clairvoyance, pensait avoir mis la main sur une œuvre exceptionnelle. Finalement, il hérite d'un carton de dessins abstraits. »

La Gazette : « Une jeune femme sourde-muette, placée dans un orphelinat, se fait passer pour une grande compositrice et plume ses producteurs ! »

Si Élisa, Popov et les professeurs de Maïna présentèrent la jeune femme comme une compositrice extraordinaire, aucun ne fut en mesure d'en apporter la moindre preuve. Aussi, afin de démontrer sa bonne foi, Ludovic Heinopietri retranscrivit sa première composition et l'envoya à une dizaine de rédactions ainsi qu'à John Gerald, un ami pianiste très en vogue, qui s'empressa de poster son interprétation sur les réseaux sociaux. L'originalité, la beauté, la simplicité mélodique de l'œuvre se diffusèrent comme une traînée de poudre, annonçant l'éclosion d'un génie de la musique. Un génie qui dormait en prison ; de surcroît, une femme ; pour couronner le tout, handicapée. De quoi déchaîner les passions.

Mediapart dénonça le traitement injuste d'une jeune handicapée victime de trop de talent. « Une fleur, un étendard cloué au pilori. La vieille tradition française a encore frappé. » *L'Humanité* : « Certains talents resteront à jamais inaccessibles aux âmes sourdes. » Puis poursuivait sur deux pleines pages en prenant parti, en substance, pour une artiste a priori antilibérale. *The Economist* s'interrogeait sur le talent réel de « Maïna, la supernova », en référence au cycle de vie de ces étoiles visibles et pourtant déjà mortes, avant de rappeler à tous ceux qui la croyaient innocente que deux producteurs s'y étaient brûlé les ailes, les doigts, la rétine et le porte-monnaie avec ; que cette seule et unique musique était certainement d'une grande beauté, mais que Maïna n'en avait jamais revendiqué la maternité. Le magazine *Pianiste* titrait « *Do ré mi* fiasco judiciaire » et donnait la parole à ses lecteurs mélomanes qui écoutaient ce morceau de piano en boucle, exigeaient la libération de l'artiste, manifestaient au pied de sa prison, attendaient sa libération et un signe, une note, juste une note, comme une main tendue, quelque chose, un petit rien.

Mais en parallèle, la police explorait une piste peu glamour, mais très prometteuse. La vilaine usurpatrice avait probablement trouvé dans un vieux livre, au fond d'un tiroir ou ailleurs, cette partition d'une valeur inestimable, spoliant ainsi Albéniz, Brahms, Schumann ou Ravel, violant sans vergogne leur mémoire. Puis elle et sa mère avaient trompé son professeur avant d'escroquer ses producteurs. Le premier d'entre eux, un certain Ludovic Heinopietri, illuminé autant qu'on puisse l'être, croyait encore au miracle. Crime d'autant plus abject lorsqu'il est commis par un enfant comme, à l'inverse, l'inattendue générosité d'un salaud le rend parfois attendrissant. Car c'est bien à sa mère et à elle-même que profitait le crime. Derrière son handicap, un être machiavélique se dessinait insidieusement dans une partie de l'opinion publique. « Ce que c'est monstrueux, à cet âge, l'appât du gain », s'indignait-on sur les terrasses des cafés. Rien ne devint plus important que la découverte de la vérité. La guerre qui se répandait comme un feu de paille en Asie, l'état des océans, bref, tout ce qui avait lieu d'inquiéter passait d'un coup au second plan.

On appela les musicologues à la rescousse. Ils écoutèrent la composition, réécoutèrent, étudièrent, comparèrent, disséquèrent chaque accord, chaque enchaînement de notes. Leur respiration était suspendue aux blanches, aux croches, aux soupirs, à son silence. Enrico Stradivarius, leur plus éminent représentant, s'épanchait à longueur de soirées sur les plateaux de télévision italiens à coups d'exemples et de contre-exemples bien choisis, comme cette fois sur Rai 1 où il acheva sa démonstration en articulant distinctement chaque syllabe afin que le téléspectateur ressente la douleur au plus profond de ses entrailles nationalistes :

« *Lo stile inimitabile veniva da Giuseppe Verdi.* »

Et au présentateur de poursuivre le réquisitoire :

« Empêtrée dans ce rôle de misérable petite fille abandonnée, sourde, muette, maltraitée par son professeur de musique et incroyablement talentueuse, Maïna a donc été rattrapée par l'inavouable vérité. Car, mes chers amis téléspectateurs, la vérité finit toujours par éclater, Maïna est une usurpatrice ! » dit-il en réclamant à sa mère que les avances sur ses droits d'auteur soient restituées sans délai au peuple italien.

Son éclatante culpabilité n'étant plus à démontrer, Maïna devait, aux yeux de la vindicte populaire, passer aux aveux, la justice française, sanctionner avec la plus grande fermeté. Pire encore, au nom de la sauvegarde d'un patrimoine bien commun de l'humanité, l'Italie demanda à la France de rendre l'original de la partition volée, ainsi que toutes les autres. Car il y en avait forcément d'autres. Et exigea l'extradition sans délai de Maïna Lassalle.

L'hallali avait sonné.

Chapitre 29

Popov entra dans le parloir. L'expression joviale de son visage contrastait avec le lieu. Il déposa sur la table quelques fruits, deux livres aux humeurs différentes. Une aventure d'Henri Vernes et *Candide*, pour rire et penser. Le temps devait sembler long, dans une cellule.

Il lui dit en langage des signes : « Maïna, voici ta porte de sortie. Elle était cachée au fond d'un tiroir ». Puis il lui tendit une enveloppe.

Maïna l'ouvrit et en sortit une feuille. Son visage s'illumina. Elle avait reconnu son devoir de musique. Au recto, les notes suspendues aux portées. Au verso, un dessin abstrait. En haut à droite, la date ; à gauche, « Hidosa Charrier » et au feutre rouge, l'appréciation de son père. « Excellent travail ! »

« Je crois que tu dois beaucoup à cette partition. Elle t'aura libérée deux fois », lui mima-t-il en souriant.

Maïna lui prit les mains, puis, tremblante, lui répondit.

« Ce bout de papier n'y est pour rien, mon bon Samaritain. C'est vous qui m'avez libéré deux fois. »

Popov fila au pas de charge jusqu'au commissariat. L'heure était venue de révéler Maïna aux yeux du monde.

Chapitre 30

Braqués vers le centre du plateau de télévision, les projecteurs déversaient une lumière vive et chaude, révélant un nuage de poussières scintillantes. Envoûtée, Maïna les regardait flotter sans but, écho silencieux aux paillettes qui ornaient ses joues, avant qu'aidées par d'imperceptibles courants d'air, elles ne fuient l'effrayant colosse de chair et d'os assis là. De l'autre côté, tandis que deux pinceaux s'évertuaient à gommer sur sa fine peau toute trace de fatigue, se jouaient les derniers réglages. Ludovic tenait bon face à une équipe agacée de tant de précautions. Caprice de star, lisait-on sur les visages. Maïna était soulagée. Elle lisait sur les lèvres de son producteur les directives fuser, le verbe haut, parfois autoritaire, mais jamais hautain ou méprisant. Ludovic était de retour, s'enquérant du moindre détail, débordant d'une énergie réconfortante. De la durée de l'interview jusqu'au mobilier en passant par la température ambiante, rien ne fut laissé au hasard.
« Dix-huit degrés, mais vous êtes dingue ?

— On n'est pas habitué aux grandes chaleurs dans les murs d'un orphelinat. Dix-huit degrés, ni plus ni moins, vous trouverez bien un vêtement chaud quelque part, sinon, prenez ma veste », dit-il très sérieusement.

Voilà qui cloua le bec au chef de plateau qui pouffait sans cesse. Ludovic ne voulait surtout pas que la dizaine de caméras capte un visage dégoulinant de sueur, qui n'aurait pas manqué d'être interprété comme le signe visible d'un mensonge ou d'un malaise. Maïna sourit. Tous deux échangèrent un regard complice et conquérant. Une nouvelle vie s'ouvrait à eux ainsi qu'à tous ceux qui avaient accompagné Maïna dans ses joies, dans ses ombrages et ses tourments jusqu'à ce plateau de télévision. Ils étaient fiers. À l'image d'Élisa. Elle était là, elle aussi, concentrée. Ludovic lui avait demandé de traduire avec force précision les propos de Maïna, ce à quoi elle avait sèchement répondu qu'elle le faisait depuis des années déjà.

Le récit de sa vie à Déville-lès-Rouen fut rapide. Retour en arrière sans pathos, sans larmes, sans révélations trop personnelles. Maïna ne voulait pas faire pleurer dans les chaumières. Et puis, son parcours douloureux n'avait-il point complété sa sensibilité naturelle d'une force de caractère peu commune ? Ce mélange de douceur et de détermination se notait dans son attitude, son regard, une expression générale qui annonçait une grande profondeur d'âme.

Évidemment, Isabelle Mazurier, la célèbre présentatrice, en vint au volet judiciaire. Assise à côté de Maïna, Élisa traduisait.

« Cette partition (le recto s'afficha sur les écrans des téléspectateurs) interprétée par d'innombrables pianistes à travers le monde a fait l'objet d'une expertise diligentée par le juge et vous a innocentée. Comment avez-vous réagi à l'annonce de votre libération ?

— Pour être honnête, je suis encore un peu sonnée. J'ai trouvé que l'on m'avait coffrée un peu vite *(sourire)*. Enfin, je ne suis plus considérée comme un bandit de grand chemin…

— Cette musique, reprit la présentatrice, qui dure moins d'une minute…

— Plutôt trois, rectifia Maïna. La totalité se trouve au verso...

— Au verso ?

— Oui, vous devriez la tourner », dit Maïna en arborant un sourire malicieux.

Le dessin à dominante vert et jaune s'afficha sur les écrans.

« Je ne vois qu'un dessin...

— Je vous rassure, Madame Mazurier, vous êtes tout à fait normale. Laissez-moi vous expliquer : mon père tenait beaucoup à ce que j'apprenne le solfège. Il me disait toujours : « La partition est le radeau de survie d'une musique. »

— Votre père, je le rappelle, a disparu lorsque vous étiez enfant.

— En effet. Mon père me parlait souvent d'art pariétal, de Lascaux, de ces artistes vêtus de simples peaux qu'il imaginait traversant l'hiver glacial, s'appliquant à peindre à même la roche. Ces hommes auraient-ils pu imaginer que, dix-huit mille ans plus tard, des quatre coins du monde, des centaines de milliers de visiteurs portés par de gigantesques oiseaux de verre et d'acier traverseraient des continents pour contempler leurs œuvres ? Il me disait toute l'émotion qu'il avait ressentie en levant la tête devant ces toiles de craie recouvertes d'animaux colorés. Ces artistes-là, les meilleurs de leur temps, me disait-il, avaient gagné leur part d'éternité. Il tenait beaucoup à ce que je sois capable, moi aussi, de m'épanouir en créant. Cela passait, selon lui, par la maîtrise de la théorie musicale.

— Votre père avait-il décelé en vous un don ?

— Je ne dirais pas cela. Il tenait à ce que je bénéficie d'une formation solide. Il n'avait pas eu cette chance et voulait le meilleur pour sa fille. Mais ce que papa ignorait, c'est qu'il y a d'autres façons de percevoir la musique et de la retranscrire. Il m'a fallu du temps pour comprendre que j'étais différente. Grâce aux encouragements de M. Popov, le directeur de l'orphelinat, grâce à mon professeur d'art plastique, à Élisa Bergoff, Einst Engelmann, Sylvie Duramé, à Ludovic Heinopietri, qui a cru en moi dès le début — pardon à tous ceux que j'oublie —, j'ai pu continuer à peindre ma musique sans honte.

— Pardon, Maïna, j'ai peur de ne pas comprendre. Vous venez de dire que vous peignez la musique ? Ai-je bien compris vos propos ? »

Devant l'incrédulité de son interlocutrice, Maïna expliqua sa différence. Et cette petite différence, comme elle le disait très modestement, portait un nom scientifique : la synesthésie, ou quand les sens enfermés dans des cases retrouvent la liberté de communiquer entre eux. Ainsi, six pour cent de la population associent naturellement des chiffres aux mots, visualisent des sensations corporelles, des chiffres ou des personnages en couleurs, etc. Parmi les cent cinquante-deux formes recensées de synesthésie, Domingo, en éduquant sa fille à la musique, avait visé juste sans le savoir. Les notes et les couleurs mêlées (synopsie) permettaient à Maïna d'accéder à un univers inaccessible au commun des mortels. Cette singularité, dont elle n'avait pas conscience enfant, ajoutée à sa surdité, formait une sensibilité extraordinaire à la perception du beau, qu'elle se représentait en couleur avant de le restituer en musique. Sensibilité qui puisait son inspiration dans la tragique disparition de son père. À chacune des couleurs, Maïna associait une note, le tout formant une œuvre dont elle seule pouvait assurer la traduction. Et pour n'oublier aucun détail de ses péripéties mentales, Maïna peignait sa musique aussi naturellement qu'un musicien écrit sa partition.

« Avant ce... traumatisme — j'ai bien compris en préparant cette interview que vous ne souhaitiez pas vous épancher sur le sujet —, tout était plus simple pour vous... Des couleurs représentaient des notes. Mais, dès lors que vous avez perdu l'ouïe, cette... synesthésie, dites-vous, a néanmoins disparu, n'est-ce pas ?

— Non. Je suis toujours synesthète. C'est en moi pour toujours.

— Pardonnez-moi, Maïna, mais il est difficile d'imaginer que vous puissiez composer une telle musique alors que vous êtes sourde.

— D'autres l'on fait avant moi. Beethoven est le plus célèbre des compositeurs sourds. La question est plutôt de savoir comment je peux jouer d'un instrument de musique dans cet état ? Eh bien, avant la survenue de ce traumatisme qui m'a rendue sourde, mon cerveau associait naturellement une couleur à chaque note. Dès lors, même quand j'ai été privée de mon ouïe, il lui a suffi de parcourir le chemin inverse.

— Vous partez donc d'une image et...

— Disons plutôt d'une représentation mentale plus ou moins complexe. Cela s'apparente à une scène que je déroule lentement. Comme un film qu'il me suffit de traduire en peinture.

— Un peu comme un orgue de Barbarie », lança Isabelle Mazurier, qui commençait à entrevoir l'exceptionnelle originalité de ce processus créatif.

« Exactement.

— Je comprends maintenant... Ma question va peut-être vous heurter, mais dans la mesure où vous n'entendez pas, pourquoi continuer à jouer du piano ?

— Peut-être un peu pour vous, pour tous ceux qui aiment la musique. Et puis qui sait, je ne désespère pas de retrouver l'ouïe, un jour. En attendant, j'entretiens la mécanique.

— Puisque vos musiques sont, à l'origine, des peintures, vous sentez-vous plus peintre ou musicienne ?

— Les deux sont indissociables.

— Vos peintures, et notamment celles qu'avait rachetées le producteur Maert, sont donc bien des partitions. Il n'y avait aucune escroquerie de votre part. Ce qui explique votre libération.

— Pour moi, ces peintures sont plus que des partitions. Elles sont des musiques à part entière, autant que le sont pour vous les enregistrements audio. »

*

Devant son poste de télévision, Maert alluma une cigarette, tira une grande bouffée. Sur la table basse, le tas de partitions inexploitables.

« On fait comment pour valoriser ça ? Vous l'avez, vous, le manuel ? dit-il à son avocat.

— À part les exposer dans un musée, je ne vois pas... Aucun expert en cryptologie ne sera jamais capable de déchiffrer ces partitions. C'est impossible.

— Mais c'est quoi, la définition d'une partoche ? C'est précisé au contrat ?

— On ne peut pas définir tous les termes figurant sur un contrat de quinze pages...

— Donc, un juge prendrait quelle définition ?

— Celle du dico, j'imagine... »

Maert sauta sur son ordinateur, direction Wikipédia. « Partition : une partition de musique est un document (en papier, en parchemin ou en format électronique) qui porte la transcription d'une œuvre musicale. »

« Encore une œuvre d'art inutile », dit-il, blême, en jetant les dessins au feu. « Au moins, elle ne se servira pas de celles-là ! »

Son avocat resta silencieux. Non seulement rien dans le contrat ne définissait précisément une partition, mais, par-dessus tout, dans l'hypothèse où le jugement rendrait obligatoire la traduction dans une forme plus conventionnelle, personne ne pourrait vérifier l'exactitude de celle-ci.

Les flammèches rougeoyantes s'échappaient en dansant par le conduit de cheminée.

Chapitre 31

Dans le petit studio au luxe spartiate, Maïna avait droit au matelas jauni et creusé du vieux clic-clac, alors que Ludovic dormait à même le sol. À l'extérieur, les voix des manifestants contre la réforme des retraites résonnaient dans tout Paris. Ludovic s'en moquait, répondant par des ronflements graves et irréguliers qui emplissaient la pièce.

Il était 23 heures passées. Privilège du sourd, Maïna ne voyait que ses lèvres remuer. Elle s'habilla sans bruit et quitta le studio. La presse de la veille avait fait ses choux gras d'une « journée de mobilisation à haut risque pour le gouvernement ». Le Premier ministre avait promis de ne pas céder à la pression populaire. Au pied de l'immeuble, Maïna enveloppa son visage dans son écharpe noire, jeta un coup d'œil derrière elle. Ludovic ne la suivait pas. La nuit ainsi que les milliers de manifestants lui assuraient l'anonymat. Aux slogans succédèrent les provocations puis les débordements largement attendus. Au ras des boutiques éventrées, des cagoules fuyantes, quelques vieillards apeurés, un canon à eau. Les mouvements de foule devinrent nerveux et incontrôlés. À l'avant du cortège, sur les Champs, les militants et les casseurs entremêlés veillaient à la solidité de la première ligne tandis que, sur les côtés, on évacuait les premiers blessés. Maïna marchait de plus en plus vite, tête engoncée dans le col de son manteau. Premiers gaz lacrymogènes. Plutôt que de fuir comme les autres, Maïna fixait de ses yeux sombres le rideau des CRS à une centaine de pas. Elle avait un compte à régler. Un morceau de pavé dans la main droite, elle projeta sa haine de toutes ses forces avant que d'autres projectiles provenant des lignes arrière ne soient tirés en soutien. Les policiers en civil exfiltraient les individus isolés tandis que les CRS chargeaient pour disperser les émeutiers. Sur le trottoir, profitant d'un instant de répit, un jeune homme, visage dégoulinant de sueur, poing levé signifiant « Joli coup, continue, on a besoin d'attaquants talentueux dans l'équipe ! » Puis il s'approcha, ses lèvres retroussées déversaient un flot de mots incompréhensibles. Ses arguments, qu'elle captait par bribes, méritaient peut-être de s'y attarder un peu. Pourtant elle eut envie de lui crier que ça n'était pas le moment, qu'elle se foutait éperdument de leurs revendications. Le type continua un instant à agiter ses lèvres. Elle hésita. Le moment était mal choisi pour discuter politique ou se faire des amis. Qui plus est, que comprendrait ce jeune militant au langage des signes ? Il la fixa d'un air d'incompréhension. Maïna fit volte-face et s'élança jusqu'au front. Une centaine de CRS lui faisaient face. Dans le lot, il devait bien y en avoir deux ou trois de bien. Peut-être même était-ce ceux-là qui, par malchance, avaleraient les caillasses. Maïna s'en fichait. Elle ne visait aucun individu. Il n'y avait aucun individu. Juste l'institution judiciaire, lente, incompétente, inhumaine, destructrice. Quand elle vit un crâne ensanglanté se replier, pensa-t-elle un seul instant qu'à défaut d'être un homme habité de nobles sentiments, il n'en était pas moins un être humain, comme elle ? Un goût d'amertume arma sa main d'une nouvelle pierre. Le suivant prendrait pour les autres, et après lui, un autre encore, tous aussi responsables du fiasco judiciaire qui l'avait privée de son père et jetée à l'orphelinat. Ce soir-là comme à chaque fois qu'elle en eut l'occasion, elle leur fit payer à sa manière.

Chapitre 32

Maïna occupait une suite au Royal Monceau. La Sacem était passée par là. Sa récente fortune lui aurait permis d'acheter un appartement en plein cœur de Paris, pourtant, l'idée de se retrouver dans le chez-soi de madame Tout-le-monde l'angoissait. Du jour au lendemain, elle avait quitté l'orphelinat contre l'avis de Popov, qui n'avait pas masqué son inquiétude. « Prends ton temps, lui avait-il conseillé, tu peux travailler sereinement ici. » Mais elle avait préféré quitter son nid pour cette ruche où s'affairaient toutes sortes de métiers. Cette agitation feutrée la rassurait. Les femmes de chambre, Jacqui à l'entretien et, au sommet de la hiérarchie, ces hommes et ces femmes de peine, M. Cambier, le directeur. Il ne valait pas Popov, mais il était affable et bienveillant. Et puis il lui avait dégotté James, un majordome gentil et discret. Teint pâle, la silhouette grêle, James maîtrisait parfaitement la langue des signes et l'art du raffinement exagéré. Ses airs de gentleman anglais un tantinet coincé l'amusaient au moins autant qu'elle l'agaçait, surtout quand elle rentrait les poches remplies de cailloux, les yeux rougis par les gaz lacrymogènes...

Entre deux séances de piano, elle côtoyait quelques clients, s'intéressait à leur parcours, d'apparence plus léger, mais souvent marqué par le drame de l'argent infini. Leur solitude les rendait familiers, parfois touchants, mais elle était trop différente pour nouer avec eux des relations durables. Du coup, elle se retrouvait sans amis. À l'exception de Ludovic qu'elle portait haut dans son cœur. C'était le frère qu'elle n'avait jamais eu. Martha la rejoignait le week-end, quand Popov l'y autorisait. Il lui restait un an à tirer. Peut-être poursuivrait-elle ses études supérieures à Paris. Maïna comptait le lui proposer. Elle avait les moyens de les lui financer. Le reste du temps, les journées passaient vite. La musique rythmait son emploi du temps. Petit déjeuner rapide à la cantine du palace (elle y tenait) entre deux touristes du jour et trois sédentaires fortunés, avant de remonter travailler jusqu'au déjeuner. L'après-midi, elle visitait Paris, déambulait, curieuse, dans les couloirs du Louvre. Elle aimait beaucoup le Musée d'art moderne, suivait les délires cacophoniques de Vassily Kandinsky. Ses œuvres racontaient une histoire qu'elle seule pouvait vraiment comprendre. Parfois elle partait fâchée contre tel artiste ou tel autre qu'un malheureux trait de pinceau avait éloigné de l'art total qu'avait ambitionné Richard Wagner. Puis elle leur pardonnait, eux qu'on avait amputés de la fusion des sens et qui se retrouvaient tâtonnant dans l'obscurité pour ne fournir que des œuvres dissonantes. Ils étaient nombreux à avoir tenté de percer le mystère : Cardew et son monumental *Treatise*, Earle Brown, Morton Feldman, Sylvano Bussotti, etc. Bien consciente que de si fortes attentes feraient probablement des déçus, Maïna visait malgré tout, comme tous ces artistes d'outre-tombe, le beau universel.

Elle fixa le mur tapissé de musique. Laquelle choisir ? Et toutes les autres, englouties par l'insatiable Maert ? Elle en était convaincue, il détenait les pierres les plus précieuses. Tout aurait été tellement plus simple si Ludovic ou elle-même les avaient copiées en douce avant la relève hebdomadaire de l'huissier. Les choix se seraient imposés d'eux-mêmes. Elle ne lui en voulait pas. C'était le contrat. Encore un coup de sa mère. Quel gâchis. Les compositions les plus récentes étaient encore fraîches dans ses doigts ; d'autres remontaient à son enfance. Sa mémoire lui rendrait ce qu'elle pourrait. Des flashs suffiraient à la mettre sur la voie de quelques-unes. Se souviendrait-elle un jour de celles que son passé douloureux rechignait à lui délivrer aujourd'hui ? Sa gorge se noua. L'une d'entre elles, au moins, ne s'effacerait jamais. Sans prévenir, elle réapparaissait en filigrane sur le visage bienveillant de Papado. Leitmotiv chaleureux. Ode indélébile qui teintait la vitre du séjour de traits circulaires, couleurs pastel. Elle n'était jamais très loin, cette mélodie qu'ils avaient jouée ensemble. *Tycho*. La seule qui devait impérativement figurer au programme. Elle y tenait. Les discussions avec Ludovic étaient parfois houleuses ; sur l'album, les places chèrement négociées. Pourrait-il seulement comprendre ? Tout cela la préoccupait. Les fins de soirée, surtout, quand l'épuisement la gagnait. Alors, comme lorsqu'elle était enfant, elle scrutait le ciel depuis le bord de la fenêtre, s'accrochait aux grains colorés de son chapelet, à Alpha Umi, l'étoile Polaire, à son père qui cherchait son chemin. Certaines nuits, Alpha Umi brillait plus que d'autres. Mais c'était encore insuffisant. Cette étoile était un cap, un espoir de retour auquel elle avait cru. Et qui l'avait déçue. À ce rythme, combien de temps faudrait-il à Papado pour la retrouver ? Yeux clos, Maïna s'imagina métamorphosée en gigantesque soufflet, envoyant de puissants cyclones au fin fond de l'espace pour enluminer la nuit stellaire de mille phares. Les bons sentiments parfois ne suffisent pas. Maïna referma la fenêtre. Puisque cette fichue étoile polaire se confondait toujours trop avec le ciel vespéral, qu'elle ne faisait pas son job, Maïna le ferait à sa place. Et elle le ferait bien. Merci l'étoile Polaire, au revoir l'étoile Polaire !

Maïna se prépara une tisane. Rituel que sa nouvelle vie de jeune femme indépendante autorisait. Il y avait aussi les bonbons, la télévision qu'elle pouvait regarder quand bon lui semblait, les boutiques, les séances de cinéma, même les jours de semaine, et aussi les longues soirées de lecture ou les veillées d'angoisse. Ces nuits où elle pensait à l'enregistrement et au travail de titan qui l'attendait. Maïna jeta un œil distrait sur le sac postal posé devant la porte d'entrée. Après son interview, une hystérie collective avait saisi le monde de la musique et même au-delà. Déjà, des fans déposaient des montagnes de fleurs au pied du palace, postaient des lettres attendrissantes ou carrément inquiétantes, et aussi des dessins de tous styles. Le monde se préparait au cadeau qu'elle s'apprêtait à lui offrir.

Rue Boutebrie, à Paris, Ludovic avait retrouvé des bureaux dignes de ce nom et une dizaine de salariés tous hypermotivés. Les recrutements allaient bon train. Il fallait préparer le coup de feu. Sa protégée était fin prête. Lui était aux anges. Les lettres d'huissier s'étaient muées en lettres de félicitations, en sollicitations, en invitations de toutes sortes. Son assistante déposa un carton au pied de son bureau.

« Le type a dit que c'était très important. »

Intrigué, Ludovic l'ouvrit sans tarder. Son cœur s'emballa. Il n'en croyait pas ses yeux. À tel point qu'il les ferma puis les ouvrit à nouveau. C'était bien elles. Pas une seule ne manquait. Les copies couleur des deux cent quatre-vingt-deux partitions et ce petit mot :

« Certaines choses nous dépassent parfois. Voici la modeste contribution d'un mélomane à votre grand projet. Exemplaire unique. Tous mes vœux de réussite. »

Ludovic se précipita dehors. À une centaine de mètres, un homme, costume noir, venait de s'engouffrer dans un taxi.

Chapitre 33

Il y en avait partout. Sur les murs du séjour, de la chambre, sur le carrelage de la salle de bains, jusque dans les W.-C. Des nuits blanches d'exaltation mystique, les pieds battant la mesure, à dérouler, dans sa tête, des kilomètres de mélodies. Chacun des quatre-vingts musiciens de l'orchestre symphonique devait disposer de sa propre partie. Quinze morceaux. Deux heures de musique. Six mois de traduction. Un travail titanesque avec en ligne de mire l'enregistrement studio avant la sortie du disque et la tournée internationale. La question du choix des morceaux était close à 95 %. Des titres aux noms de couleur, sauf une : *Azur*, *Lavande*, *Châtaigne*, *Chocolat*, *Arc-en-ciel*, *Grenat*, *Tango*, *Jade*, *Cobalt*, *Ventre-de-biche*, *Aurore*, *Ébène*, *Pie*, *Pomme* et bien sûr *Tycho*. Le plus dur était fait, et pourtant elle s'effondra sur les cuivres de *Tango*. Des larmes de doute, d'angoisse, de fatigue, que l'interminable débat qui l'opposait à Ludovic sur le choix des musiques n'arrangeait pas.

« Il y en a des centaines... Ce truc au piano, pourquoi ? Je comprends que tu y tiennes, mais explique-moi au moins pourquoi ! C'est une tache d'huile qui te vaudra les pires critiques ! »

Pour la première fois depuis qu'ils se connaissaient, les discussions prenaient des allures de guerre de tranchées, Maïna arguant de son sacro-saint apanage d'artiste, Ludovic refusant d'être relégué au rôle de simple assistant, s'agissant de choix cruciaux. Les tensions à l'approche des échéances étaient prévisibles. Maïna s'y était préparée. Mais elle ne voulait pas lui expliquer sa démarche, l'ouvrir à un autre avis que le sien, peut-être par crainte du ridicule. Un silence pesant la désapprouva une dernière fois, mais que pouvait-il faire de plus ? Ce n'est que bien plus tard qu'il comprit les raisons de son obstination.

*

L'orchestre symphonique était en studio, dirigé d'une main de maître par Ernest Makilova. Le meilleur. Maïna se tenait en retrait. Elle avait fait sa part. Sur les portées, des centaines d'annotations. La fine baguette n'avait plus qu'à tourner la manivelle et huit cents doigts s'activeraient en parfaite harmonie. Tout était réglé comme du papier à musique. L'expression prenait là tout son sens. Maïna bouillonnait. *On air*. Deux mots méchamment rouges qui voulaient dire : « Assise, l'infirme, et pas un bruit ! » Ce jour plus qu'aucun autre, son handicap lui pesait. Elle était malheureusement bien incapable de s'intégrer dans cet orchestre, comme dans tout autre, d'ailleurs. Lors des concerts, elle jouerait donc le premier titre, *Tycho*, la seule composition pour piano qu'elle avait jouée à quatre mains avec son père et qu'elle avait adaptée pour deux mains, avant de laisser sa place à Féodora Filikapaya. Ludovic et Einst Engelmann avaient auditionné ce talent incontesté. On avait demandé à Maïna son avis pour la forme. La jolie brune, cheveux longs jusqu'au creux des reins, traits finement dessinés, connue du grand public pour ses nombreuses reprises, était douée d'une forte sensibilité, capable d'apprendre vite et d'être à l'aise dans n'importe quel registre. Maïna l'avait rencontrée à deux reprises. « Elle a l'air gentille. »

Voilà à peu près tout ce qu'elle avait trouvé à dire à Ludovic. Sa réponse les attrista autant l'un que l'autre. Mais, bien qu'elle ne pût entendre jouer ses compositions, elle ne se résigna pas à lui laisser les clefs de la maison. Car, si Maïna ne pouvait entendre Féodora, le contraire était possible. Alors Maïna jouait et rejouait devant elle afin qu'aucune subtilité ne puisse lui échapper. Et après de longues séances de répétitions en présence du comité d'interprétation composé d'Ernest Makilova, d'Einst Engelmann et de Ludovic, enfin imprégnée des subtilités auxquelles Maïna tenait, Féodora jouait comme son double.

Les autres musiciens eurent droit eux aussi à leur petite séance de répétition personnalisée, toujours en présence du comité d'interprétation. L'exercice dépassait le simple cadre de leur métier. Triés sur le volet, faisant partie de la première ligne des privilégiés autorisés à la côtoyer, ces musiciens regardaient Maïna comme on regarde un monstre sacré. Et elle s'en amusait. Un petit clin d'œil ou un petit sourire suffisait parfois à les faire redescendre de leur nuage. Un truc qu'adorait faire son père, autrefois. Et la séance de travail pouvait commencer. Dans un premier temps, elle jouait le morceau puis, après une pause, se levait, adoptait une posture immobile, presque solennelle, et se lançait dans un pantomime destiné à insuffler l'atmosphère qui devait imprégner leurs instruments. De douces et imperceptibles oscillations qui la faisaient ramper tel un serpent, jusqu'aux affirmations puissantes qu'elle exprimait en sautant aux quatre coins de la pièce, cette artiste-là respirait la musique, osant mêler des sentiments de joie, de mélancolie, de deuil, d'extravagance, d'aventure ; la vie sauvage, comme dans *Ventre-de-biche*, où les changements de saison s'accompagnaient du souffle du vent au cœur des prairies sauvages et des forêts impénétrables. Au total, quatre variations reliées entre elles par la vibration de quelques notes, sorte de lien surnaturel au service d'une destinée commune.

Mais revenons à ces séances de travail ; à leur effet sur les musiciens. Aucun n'en ressortait indemne. En témoigna Brahim Khadim. Quand un journaliste, au pied du palace, demanda à ce fameux violoniste s'il avait rencontré Maïna, celui-ci répondit par la négative, au grand étonnement du luthier qui avait passé la journée avec eux et qui l'interrogea à son tour :

« Mais pourquoi n'as-tu pas dit la vérité ? »

Et Brahim lui répondit :

« Aujourd'hui, je n'ai pas rencontré Maïna, j'ai rencontré la Musique. »

Chapitre 34

« *Maestosa* », titrait *La Repubblica.* « Beethoven, Mozart, Maïna » pour *Classica.* Personnalité de l'année pour le *Time* qui lui décerna le titre, trois mois avant décembre, rompant ainsi un rituel datant de 1927. Les critiques étaient dithyrambiques. Les oreilles et les cœurs n'en avaient que pour elle. Les grands de ce monde, présidents, reines et rois voulaient la rencontrer, et aussi les grands musiciens de son temps, les artistes en tout genre, les galeristes, les médias, les entrepreneurs, les influenceurs, les petits vieux, leurs animaux domestiques et les nains de jardin. Ses compositions riches et variées résonnaient en tout point du globe. Et même si Ludovic avait vu juste à propos de *Tycho*, qui interpellait certains critiques par son manque d'intérêt, d'autres voix faisaient le tour des plateaux de télévision, à l'instar de celle de Jules Foraison du magazine *Pianiste*, pour défendre, comme si sa vie en dépendait, la volonté assumée de l'extraterrestre Maïna d'une anacrouse légère précédant un opus FONDAMENTAL. Mais, alors que Ludovic était empreint d'une joie soutenue par le charivari ambiant, Maïna, elle, ne semblait pas se satisfaire de la situation. En témoigne l'épisode que je m'en vais vous raconter.

Samedi, 9 h 30. Ludovic salua la présidente de Radio France, qui sortait de la suite de Maïna. Les deux s'étaient déjà rencontrées au cours d'une soirée caritative.

« Je vais faire au mieux, lui dit la présidente d'un air compatissant, mais la programmation m'échappe parfois. Si j'impose à mon directeur mon choix, il risque de se braquer. En lui vendant l'idée de passer *Tycho* pour prendre le contre-pied de la concurrence, il adhérera peut-être plus facilement. Attention, je ne vous garantis rien. »

Furieux, Ludovic entra sans frapper. Dans le séjour, Martha et deux autres jeunes femmes que Ludovic ne connaissait pas étaient pendues au téléphone.

« Le directeur de la programmation... Oui, c'est ça, oui, c'est très important... *Tycho*, oui... non, pas celle-là, *Tycho*, merci ! »

Ludovic s'assit sur le canapé, sidéré par ce qu'il entendait. Martha lui rapporta toute la difficulté qu'elles avaient à convaincre les radios de passer ce titre en priorité. Quand Ludovic lui demanda où se trouvait Maïna, Martha lui dit qu'elle était partie une heure plus tôt avec Élisa et la chargée de communication pour faire la tournée des plateaux TV. Ludovic alluma le téléviseur. France 2. Yann Mauger invita Maïna à s'asseoir, les spectateurs alignés derrière le piano à queue la regardaient avec émerveillement.

« Qu'avez-vous choisi de nous interpréter ? » demanda le présentateur vedette.

Ludovic éteignit rageusement. Il connaissait la réponse. Il composa sur son téléphone le numéro d'Einst Engelmann.

« Je m'attendais à votre question... Depuis quand ? Eh bien, depuis que je la connais... Tous les jours, oui. Il est inscrit dans sa routine de travail. Obsessionnel ? Je n'irai pas jusque-là... Disons, un socle à diverses improvisations. Certaines des mesures sont invariables, ce sont les réponses au dialogue sur les graves, mais les aigus, je ne l'ai jamais entendue les rejouer deux fois à l'identique.

Elle emploie des tons voisins, change le style... souvent du jazz. Beaucoup de musiciens ont des rituels de ce genre, vous savez. Elle a peut-être besoin de le partager, tout simplement. Pas de quoi s'inquiéter... »

Chapitre 35

Sur les ondes, *Tycho* s'était fait une place. Cela ne durerait pas éternellement. Un tour de force à mettre, en grande partie, au crédit de Martha et des nombreuses promesses d'interview exclusive. La tournée mondiale commençait, les ventes battaient des records, tout allait pour le mieux, selon les déclarations de Ludovic à la presse. D'abord les capitales européennes avant de parcourir le monde une année entière.

La voiture s'arrêta. Les flashs brûlaient les vitres teintées. Maïna, lunettes de soleil sur le nez, descendit devant le Grand Théâtre de Luxembourg. Sur le parvis, la rangée des photographes cachait une foule dense d'admirateurs surexcités. Son quotidien, désormais. Talons hauts appuyés sur le sol, Maïna s'élança. Ses chevilles fines soutenaient de longues jambes revêtues d'un pantalon en tissu noir, d'un pull blanc à paillettes. Glamour. Le cordon de sécurité tentait tant bien que mal de contenir la ferveur du millier de mains tendues, stylos pointés vers elle, venus chercher une trace, ou juste croiser son regard. Elle signa quelques autographes, toucha les mains et les visages et suivit son garde du corps jusque dans sa loge.

*

À deux heures de voiture de là, le CHU de Bruxelles. Le professeur Goossens, bourru, cuir de crocodile renforcé, peinait à dissimuler son émotion.

Les consignes de la direction étaient limpides. « La loi, c'est la loi ! »

« J'emmerde la loi », lança-t-il à Maryse, l'infirmière en chef du service des soins palliatifs. Dur d'emmerder la loi. Elle court moins vite que vous, mais finit un jour par vous rattraper. Le gouvernement belge voulait libérer des lits, faire des économies. « Du temps, il lui faut du temps ! » Son combat était perdu d'avance, son licenciement inéluctable. Il résista courageusement plus de deux mois avant que sa direction ne le lâche. Les journaux relatèrent l'affaire.

« La direction affirme avoir découvert que ce médecin poursuivait la nutrition et l'hydratation artificielle. Sa radiation de l'ordre des médecins semble être acquise. Le coût pour le contribuable s'élèverait à plus de 70 000 euros. »

Unité de soins 2. Chambre 193. Anne saisit le poste de radio.

« Tous les jours, les infos, de quoi vous taper sur le système, hein, beau gosse ? On va vous mettre un peu de musique ! »

Vingt-cinq ans qu'elle faisait ce boulot. Ce patient était différent. Corps intact, tête, bras jambes, doigts, tout était bien en place. Et beau comme un diable, en plus. Y a des jours où lui prenait l'envie de l'chevaucher. Dix-sept qu'elle en gérait, rien que ça. *Il a un truc, lui.* À chaque fois qu'elle rencontrait un homme, ça collait pas... *C'est ça l'problème avec les hommes. Pas un pour te faire rêver. Juste un peu. Cette façon qu'ils ont tous de s'épancher au premier verre. Leurs certitudes, leur obsession du foot, des bagnoles, de... enfin... Faudrait qu'ils viennent bosser ici, un jour ou deux, histoire de gagner en maturité.* Lui était différent. Peut-être que, s'il l'ouvrait un jour, avant l'avalanche de mots d'amour, elle lui fourrerait sa langue jusqu'à la glotte… Le bouton de la radio peinait à accrocher une station audible. *De la soupe, encore de la soupe*. Il lui fallut deux bonnes minutes pour tomber sur cette musique qui retint son attention.

« Gai, ça, hein, chéri, toi qu'en as marre des mélopées pop-rock, voilà d'la bonne came ! Ça va te r'quinquer ! La nouvelle star du moment, y paraît. Je saurais pas te dire comment elle s'appelle, mais elle est bigrement douée, la p'tiote. »

Anne monta le volume puis reposa le poste, ignorant qu'elle venait d'injecter à son chouchou le plus puissant des remèdes, rompant son enfermement d'un coup de baguette magique, enfonçant sans qu'elle le sache une porte blindée. Avec toute la rafraîchissante spontanéité dont elle était capable, elle lança un « Salut beau gosse » enthousiaste.

« Je repasse dans une heure ! » précisa-t-elle, avant de quitter la chambre pour rejoindre la salle de réunion.

Le remplaçant du docteur Goossens arriva en fin de matinée. Devant son équipe au garde-à-vous, le jeune homme au visage de bambin étirait des phrases longues comme des queues de canasson qui ne présageaient rien de bon. L'équipe de soignants comprit où il voulait en venir. Il finit par lâcher le morceau, égrena les numéros des trois chambres concernées. Les protestations ne serviraient à rien. *T'as gagné ton billet pour l'grand voyage, chéri. Au moins, ça traîne pas avec celui-là. Les deux autres ont droit a une semaine de rab, pi toi, sous prétexte que t'es seul au monde, t'embarques demain !*

Abattue dans un coin du réfectoire, Anne laissa couler une larme.

« C'est pas bon de te mettre dans cet état, lui intimaient ses collègues, prends un peu de distance… Au fond il y a du bon, dans cette loi.

— À trop prendre ses distances, on finit par plus retrouver son chez-soi », rumina-t-elle.

Fait rarissime dans un service en sous-effectif, Maryse lui accorda un jour de congé. Anne en profita pour se reposer, mettre un peu d'ordre dans ses papiers, corvée qu'elle ne cessait de repousser et qui eut le mérite d'occuper son esprit tourmenté. Au moment où elle triait ses factures, elle reçut un appel. Belle attention de la part de sa chef. Elle sauta dans son pantalon, ses mocassins, sa voiture, direction le CHU où un miracle se produisait.

Les voyants de la chambre 193 s'excitaient, accompagnés de bips aigus. Maryse ne croyait pas aux miracles. Dans sa carrière, jamais cela ne lui était arrivé. Jamais cela n'était arrivé dans tout le pays. Pour le seconde fois, elle s'engouffra dans le couloir, prit à droite, à gauche, ouvrit la deuxième porte. L'homme n'avait pas bougé d'un pouce. Après dix minutes à scruter le moindre signe de vie, elle fit le chemin inverse en regrettant d'avoir appelé Anne. Sans doute un bug. L'électronique… Ce genre d'incident était rare. La société de maintenance en prendrait pour son grade. Anne poussa la porte en sueur. Maryse lui expliqua. Une fausse joie dont toutes deux se seraient bien passées. Anne décida de rester un peu avant de retourner se battre avec sa paperasse. Ses yeux en disaient long sur sa déception. À bien y repenser, peut-être voulait-il lui offrir son premier regard.

Assise sur le rebord du lit, elle caressait la main de son prince charmant. Son dernier jour. Elle se pencha, sentit un frémissement remonter le long de sa colonne vertébrale. *Une hallucination ?* Un second battement de cils à peine perceptible. *La deuxième hallucination déshallucine toujours la première. Ou alors je suis folle.* Anne n'était pas folle. Pour la première fois depuis quinze longues années, les paupières de l'inconnu de la chambre 193 s'ouvrirent.

La fenêtre déversait des torrents de lumière, des pépiements de bienvenue et aussi le son rêche de la ville, les klaxons, les moteurs, l'acier qui claque. Sa tête anormalement lourde bascula avec difficulté côté mur ; effort récompensé par un sourire radieux. Une boulotte, cheveux en bataille, blouse blanche mal boutonnée, Crocs roses ridicules, n'en finissait plus de le regarder comme un nouveau-né. Il lui répondit par un timide sourire. Anne fut prise de panique. Une formidable explosion de joie écarquillait ses yeux de merlan frit. Un peu empêtrée, un peu gauche, son naturel vint finalement à son secours.

« Alors, beau gosse, on va pouvoir faire les présentations ! »

L'homme marqua un temps d'hésitation, posa sa main sur celle d'Anne puis se rendormit.

Chapitre 36

Le rideau s'ouvrit sur la première. Robe courte de patineuse à sequins blanche, collier de perles, sourire radieux, exquise, Maïna fit son entrée devant un public de tout âge, de toutes origines sociales. Artisans sans le vernis des habitués du lieu, notaires ou médecins, bourgeoises érudites et leur cortège de manières, tous étaient réunis par le goût de sa musique, curieux et heureux de voir leur idole s'exprimer.

Des encouragements, des claquements de mains, des bravos, Maïna ne percevait que la lointaine agitation des milliers de chanceux qui avaient réussi à obtenir une place et finirent par s'asseoir sous la pression des vitupérations d'impatience. Pansement enroulé autour de l'index, comme à chaque fois, un clin d'œil à son père, à son talent, à sa condition d'ouvrier qui l'avait éloigné du piano, de sa vie et peut-être de la vie, elle joua *Tycho*. Elle fut applaudie, remercia humblement son public, mains posées sur le cœur, et céda sa place à Féodora. Avec toute la révérencieuse déférence d'une admiratrice, Féodora embrassa la maestra avant que celle-ci ne s'éclipse. Maïna n'était pas triste. Dans son silence, elle entendait leurs acclamations. L'orchestre philharmonique constitué de cuivres, de cordes, de bois, de percussions servit une histoire intense et savoureuse de presque deux heures.

Ludovic l'attendait dans sa loge. Il la félicita, la serra dans ses bras, lui tendit une bouteille d'eau à la manière d'un coach. D'un coup, Maïna semblait troublée. Il faut dire que la situation était plutôt cocasse. Des musiciens, parmi les plus doués de la planète, interprétaient ses plus vibrantes inspirations alors qu'elle, incapable d'entendre ne serait-ce qu'une seule note, se retrouvait à l'écart, dévorant chips et noix de cajou en se tournant les pouces. Elle essaya de ne pas y penser. Le canapé était confortable. Il lui restait une heure à tuer avant de jouer sa seconde partie quand elle saisit le journal belge *Sud Presse*. « Scandale ! Défiant toutes les statistiques, un homme sort de quinze années de coma... Le ministre de la Santé sur la sellette... L'identité du miraculé n'a pas encore été révélée... » Maïna tendit le journal à Ludovic, qui comprit immédiatement les espoirs que Maïna plaçait dans cet événement. Ne sachant quoi lui dire, un peu maladroitement, pour ne pas dire un peu bêtement, il lança en mouvant ses lèvres exagérément :

« Notre avion décolle ce soir pour la tournée espagnole. Nous commençons par Barcelone.

« Au diable Barcelone, lui mima-t-elle avant de s'habiller à la hâte. Et arrête d'articuler comme si j'étais débile, tu sais très bien que je lis parfaitement sur les lèvres !

— Ne te vexe pas, j'ai simplement peur que tu sois déçue, Maïna. Ton père vivait et travaillait en Normandie.

— J'irai à pied s'il le faut...

— Ne dis pas ça, tu sais bien que je me plierais en quatre pour toi, mais...

— Mais quoi ? »

Le concert terminé, tous deux partirent en direction de Bruxelles pendant que l'assistante de Ludovic se chargeait de leur trouver un hôtel.

Ils n'étaient pas les seuls à avoir fait le déplacement. Les journalistes, avides d'informations sur l'état, l'identité, l'histoire du miraculé, avaient largement investi les lieux. L'omnipotence de la célébrité permit à Maïna et Ludovic de se retrouver sans difficulté face au directeur du CHU. Celui-ci leur révéla que l'homme en question avait ouvert les yeux et quitté l'hôpital un mois auparavant.

« Un mois auparavant ? répéta Ludovic, interloqué. Pourquoi n'avoir révélé cette information qu'aujourd'hui ? »

Silence gêné du directeur...

« Quelle était son identité ?

— Malheureusement, nous n'en savions rien. Il disait ne pas s'en souvenir. Un matin, il est parti sans prévenir alors que sa rééducation n'était pas terminée. »

Ce que Ludovic redoutait arriva. Maïna se perdit dans cette quête impossible, embaucha une pelletée de détectives privés, d'enquêteurs, et même de policiers à la retraite malgré sa détestation des képis, tous aussi capables, à ce qu'ils promettaient, de retrouver l'introuvable dans des délais records, l'acompte aidant. Elle y engloutit des sommes considérables, et plus encore, une grande partie du temps qu'elle aurait dû consacrer à sa tournée. De nombreuses dates furent annulées. Ludovic encaissa les coups à sa place. Devant les médias, il avança des difficultés d'agenda. Argument léger. Trop, sans doute. Les spectateurs brandissaient leurs billets payés au prix fort. Dans leur esprit, Maïna devenait, comme beaucoup d'autres vedettes, pour ne pas dire comme toutes, capricieuse et colérique. Puis on entendit les premières rumeurs alarmantes sur son état de santé. *Il s'agit certainement d'une tumeur inguérissable. Ou d'une dépression. La folie, propre aux plus grands. Elle est déjà finie !* Dix-sept dates au total partirent en fumée. Les journaux se déchaînaient. Au grand désespoir de Ludovic, qui luttait avec sa compagnie d'assurances pour la prise en charge d'un sinistre aux lourdes conséquences financières.

Et puis, par un beau matin ensoleillé, comme ça, sans que personne soit en mesure de l'expliquer, Maïna, qui n'était pas femme à laisser son mauvais hémisphère prendre le dessus, congédia aussi sec tous ses vendeurs de rêve et, dans un communiqué demandant le simple respect pour sa vie privée, annonça son grand retour au Théâtre des Arts de Rouen le dimanche suivant. Et Ludovic recommença à respirer.

Chapitre 37

Anne était propriétaire d'un petit bout de corons, quartier des Marolles, Bruxelles. Trois pièces sur deux étages, exposition est, un brin sombre, modérément cosy, murs tapissés de livres en tout genre, mais majoritairement des livres de cuisine. Depuis sa sortie du CHU ou, plutôt, depuis son évasion, le beau gosse y avait trouvé refuge. Anne était complice de sa cavale, en quelque sorte. Sa maison était devenue leur planque, et aussi son nouveau lieu de travail. « Dépression », qu'elle avait dit. Dans ce paysage bruxellois riche de trente pour cent de chômeurs, rien qui puisse la faire suspecter d'aider un fugitif un peu spécial. La dépressive, enjouée et heureuse comme jamais, s'appliquait à prodiguer tous les soins dont ce patient revenu du néant avait besoin. Elle était l'infirmière, l'ergothérapeute, et aussi la femme amoureuse, attentive et dévouée. Un clignement d'œil avait suffi. Depuis qu'il avait quitté « l'armée des blouses blanches », trois mois s'étaient écoulés. Son état de conscience s'améliorait. Mais sa mémoire lui jouait de vilains tours. De sa vie d'avant, il ne se souvenait plus de grand-chose, pas même de l'essentiel. Dans son nouveau moi, sa nationalité ou même son nom lui étaient inconnus. Son enfance était plus ou moins préservée. Il était né en Argentine, à Buenos Aires.

Anne n'en revenait toujours pas. Qu'un si rare spécimen ait traversé l'océan Atlantique pour se poser dans son nid... Dingue ! Et le plus beau, c'est que, contrairement aux autres, cet homme éveillé valait cent fois l'endormi. Même si une partie de lui était toujours endormie... *À mon âge, tomber amoureuse*, se disait-elle en lui tricotant une écharpe. *Il est beau et drôle, il est honnête, il est poète et même musicien*. Le piano posé dans le hall d'entrée de l'hôpital avait largement contribué à son rétablissement. Petit à petit, ses doigts se déliaient. Volonté farouche des notes à repousser en mélodie l'ennuyeuse position horizontale. Mais Anne était investie d'une charge qui ne pouvait s'arrêter à la remise sur pied de son nouveau compagnon de route. Cet homme s'était perdu. Elle devait maintenant l'aider à se retrouver. Elle fila aux archives du CHU afin de vérifier la liste des personnes admises en même temps que lui. Il y avait bien un certain Cruz Rodriguez, déclaré décédé sur sa fiche d'accueil, demeurant à Maromme, 21 route de Dieppe, dans la métropole rouennaise. Voilà comment, de fil en aiguille, tous deux décidèrent en milieu de semaine d'aller enquêter sur place.

Trois heures et demie de route plus tard, plantés devant la maisonnette, Anne sonnait. Mais le locataire, récemment arrivé, ne sut les renseigner. Pas plus que le commissariat du quartier, qui en savait autant que l'épicier et la pharmacienne du coin. C'est le soir venu, en remontant la rue de Fontenelle, arrivés au niveau de la maison, que Domingo lâcha un « STOP ! » qui fit sursauter Anne.

La façade accusait le poids des années. La porte du rez-de-chaussée était condamnée, les doubles vantaux des fenêtres du premier étage, fractionnés. Il se souvint. Esteban, le petit garçon de Mme Ponchelle, fuguait du premier étage en passant par l'appentis qui donnait côté cour. Une échelle était posée contre le mur. Vertige. Ce petit appartement, il y avait vécu. Sûr. Il enjamba la fenêtre qui donnait dans l'escalier en colimaçon. La marche en bois protesta sous son poids. Sur le dégagement du deuxième étage, une obscurité de mine, et un remugle de couvertures humides. Sans faire de bruit, il entra dans le séjour. Instinctivement, il s'assit sur le tabouret deux places, face au piano. La tapisserie souffrait en silence, motifs abstraits, fond jaune passé, où se côtoyaient tags, insultes et mots d'amour, témoignages ténus du temps qui passe en forme de palimpseste. Une perle de tristesse roula sur sa joue et s'écrasa sur le drap de poussière qui recouvrait entièrement le Pleyel. Il le souleva partiellement, s'apprêta à plaquer un accord puis se ravisa, comme renonçant à jouer d'un instrument sacré d'ou pouvaient rejaillir tant d'années de souffrance. Dans son dos, les lames de parquet grincèrent. Il pivota. L'ombre d'Anne approchait. La lune bleue projetait ses rayons à travers les vitres de la lucarne qui s'éclatèrent en paillettes brillantes sur son visage. Domingo se leva et entra dans ce puits de lumière miraculeux. Tous deux s'embrassèrent. Quoi de plus fort que l'amour pour enfoncer les portes de la mémoire. Ils firent le tour de l'appartement. Le regard d'Anne fut attiré par un point brillant au sol. Elle ramassa discrètement une barrette d'enfant couchée entre deux lames de parquet. Un mélange de joie et de peur l'envahit. Car si Domingo était le père d'un enfant, il était peut-être aussi un mari. Elle mit la barrette dans sa poche, non pas dans l'idée de le trahir, car elle était bien incapable de vice et de méchanceté, mais pour le préserver. Il était encore si fragile.

Leurs investigations se poursuivirent au cadastre. Là-bas, ils obtinrent les coordonnées du propriétaire, un certain Ludovic Heinopietri, domicilié à Paris. De là, tout s'enchaîna très vite. Un coup de fil, et Anne s'engagea dans une lutte sans merci avec son assistante. Ce qu'elle ignorait, c'est que ce Ludovic Heinopietri n'était pas n'importe qui. Des petites gens et des grands de ce monde voulaient le rencontrer, eux aussi, faisaient le pied de grue devant son appartement, son bureau, et parfois même le suivaient dans tous ses déplacements, toujours dans l'idée d'obtenir la même faveur : rencontrer Maïna. Heureusement, Anne n'avait ni la délicate rhétorique d'un diplomate ni la timidité d'une groupie. En hurlant qu'il s'agissait d'une affaire personnelle d'une extrême urgence, « D'UNE EXTRÊME URGENCE », l'assistante finit par accepter l'idée d'un entretien. Et une heure plus tard, elle rappela Anne et l'invita à se présenter au Théâtre des Arts de Rouen, où Ludovic devait se trouver le week-end suivant.

Chapitre 38

Il était 17 h 30. Les répétitions avaient eu lieu toute la semaine dès les plus petites heures du jour. Maïna, peu satisfaite de la mise en scène, avait fait venir en urgence l'Américain Marco Peters pour apporter une touche innovante aux éclairages dont la mise en œuvre s'avérait particulièrement compliquée. Les musiciens de formation classique voyaient d'un assez mauvais œil le mélange des styles, mais Maïna avançait, toujours avec la même fougue, toujours avec la même détermination. 18 heures. Petite pause. Le temps d'une infusion verveine-orange. Par la fenêtre côté ouest, la rue Jeanne-d'Arc. La foule des badauds remontait en direction des commerçants quand d'un coup, un homme attira son attention. Elle pressa les mains contre les vitres froides. Son cœur faillit imploser. Ce manteau... ce chapeau, cent cinquante mètres en contrebas... Il s'approcha, mais son visage était jeune, trop jeune. L'inconnu fit volte-face et s'éloigna vers la rue du Général-Leclerc, là où les bus se suivent comme les wagons d'un train. Le regard embrumé de Maïna se perdit dans le vide.

*

« Je n'ai pas le temps de les recevoir maintenant ! Eh bien, expliquez-leur qu'il y a pire que d'assister à un concert de Maïna pour patienter ! Après, oui, après !... »

Voilà comment Anne et son protégé, s'attendant à interroger l'ancien bailleur de la rue de Fontenelle, se retrouvèrent assis au premier rang d'un concert dont les places s'échangeaient sous le manteau contre plusieurs dizaines de milliers d'euros.

« Cadeau de mon proprio, chérie », lança Domingo en riant, tout heureux d'être là.

20 heures. Maïna, derrière le rideau, concentrée, inspira un grand coup. Cinq cents personnes l'attendaient, si peu, si proches, si impatientes. Le rideau s'ouvrit, elle s'avança vers le bord de la scène, toujours avec ce même sourire d'ange. Son regard glissa doucement du haut du public jusqu'au premier rang, un mètre en contrebas. Son visage se figea en même temps que celui de Domingo. Plus Maïna s'approchait d'eux et plus la bouche d'Anne marquait sa stupéfaction. Sa lèvre inférieure s'éloignait de sa lèvre supérieure jusqu'à dévoiler à la centaine de musiciens positionnés devant elle sa glotte en forme de point d'exclamation. Quant à Domingo, lui aussi comprit instantanément. Cette jeune femme qui s'approchait de lui, c'était sa fille, elle s'appelait Maïna. Ses traits ne laissaient aucune place au doute. Maïna courait, ne voyait plus que lui dans la salle, oubliant même qu'entre elle et lui, il y avait une belle hauteur. Autour, les spectateurs avaient disparu, tout autant que ce mètre cinquante qui menaçait leurs retrouvailles. Domingo se souvint qu'une chute stupide les avait séparés. En un quart de seconde, ses vieux réflexes qu'il gardait de l'époque du parc évitèrent à Maïna d'embrasser le sol et de perpétuer, en quelque sorte, une vieille tradition familiale. Il bondit de son siège au moment où elle perdit connaissance au milieu du vide, submergée par l'émotion. Encore une fois, comme douze ans auparavant, son cerveau disjoncta, par précaution.

« Je te tiens, lui soufflait Domingo à l'oreille, je te tiens. »

L'instant d'après, ce fut au tour du service de sécurité, des spectateurs du premier rang, Popov, Élisa et Ludovic, jamais très loin d'elle, de l'entourer, tous fous d'inquiétude. Domingo la porta jusqu'à sa loge où il l'allongea délicatement.

« Laissez-moi faire », fit un homme qui se disait médecin en jouant des coudes jusqu'à Maïna.

Il prit son pouls, fronça légèrement les sourcils, et lui mit une grande gifle, ignorant le danger auquel il venait de s'exposer. Domingo lui posa un parpaing de cinquante qui l'envoya valser dans les bras de Ludovic, moment choisi par Maïna pour reprendre les retrouvailles là où elles s'étaient arrêtées, c'est-à-dire en haut de l'estrade.

Elle prit Papado dans ses bras, folle de joie. Ça oui, de la joie, il y en avait ; de la tristesse aussi ; le tout entremêlé. Maïna avait sept ans lorsque sa voix avait suivi son père jusque dans l'abîme. Elle avait vécu tant de choses depuis. Sa bouche esquissa un large sourire. Elle souriait à la vie, à cet être cher que celle-ci lui rendait. Aucune force maléfique ne pourrait jamais plus les séparer. Elle saisit ses mains entre les siennes, les caressa, le tint fermement pour qu'il ne s'échappe plus. Il était maigre. Il avait vieilli. Sa peau était plus douce que dans le souvenir de la jeune fille. Comme si ce long sommeil lui avait été bénéfique, gommant les stigmates d'un travail éreintant. Mais au fond, Domingo était épuisé, ses bras flaccides peinaient à porter ses mains tremblantes. Il caressa les joues de Maïna. À son contact, une sensation de chaleur envahit sa tendre enfant. Un bonheur. Plus encore, un miracle. Oui, un miracle. Un miracle ne vient jamais seul, devrait-on dire. Dans sa gorge, l'étau se desserrait. Elle déglutit. Les paroles retenues le long de son larynx remontaient progressivement vers la lumière. Aucun médecin, aucun scientifique ne saura jamais expliquer comment les grains de silence furent soufflés de son corps, mais sa voix se libéra de la même façon et aussi vite qu'elle s'était nouée jadis. Elle le regarda fixement. Déglutit encore.

« Je sa-vais que je te -etrouve-ai un jour », articula-t-elle lentement et difficilement.

Ses yeux papillotaient au rythme fou de son cœur. Son élocution était imprécise et il lui fallait redoubler d'efforts pour libérer les mots, mais Domingo la comprenait parfaitement. Plus extraordinaire, ce qui se produisit pour sa voix se produisit aussi pour ses tympans. Comme un épais brouillard dissipé par la tempête, Maïna entendait. Les sons revinrent subitement aussi sûrement et aussi nettement que j'entends votre stupéfaction de là où j'écris leur histoire. Domingo se souvenait, maintenant ; pas de tout ; mais de l'essentiel ; Domingo pleurait, Domingo la remerciait de l'avoir sorti du néant, grâce à *Tycho*, Domingo était un enfant dans les bras de sa fille ; mais Domingo s'excusait aussi, car il se sentait coupable. Si seulement il n'avait pas risqué sa vie. Maïna le regardait encore et encore, n'en croyait pas ses yeux et encore moins ses oreilles. Elle refusait ses excuses, lui disait qu'il ne devait pas culpabiliser, qu'il n'y était pour rien. Elle n'avait pas tout à fait raison ni tout à fait tort. Oh, tomber du haut de cet immeuble ne fut pas un choix délibéré. Un malheureux accident. Mais tendre une main, se laisser emporter par la baïne, c'était tout lui, en y repensant. Quand elle habite une âme pure, une âme nettoyée de la gangue des intérêts, quand elle est instinctive, il y a du renoncement et de la mort dans cette affaire de générosité.

« Tu avais tant besoin de moi, lui dit-il d'une voix fragile, et je t'ai abandonnée. »

Dans la loge où seuls restaient Ludovic et Anne, les questions pleuvaient, parfois sans trouver de réponse.

Ludovic leur proposa de quitter le Théâtre des Arts pour aller ailleurs, dans un lieu plus propice, mais Maïna refusa. Tous ces gens, inquiets eux aussi, avaient parcouru jusqu'à des centaines de kilomètres pour la voir ; certains avaient dormi deux nuits durant devant la billetterie, comptant sur un improbable désistement de dernière minute.

22 h 21. Seconde entrée sur scène.

Ceux-là qui applaudissaient frénétiquement étaient prêts à tout lui pardonner, pourvu qu'elle se porte bien et les transporte dans son monde. Chose étrange pour une personne cophotique, Maïna demanda un microphone. Détail qui n'échappa à personne. Un technicien vint l'installer sur un trépied. « Que fait-elle devant ce micro, interrogeait la salle, aurait-elle perdu la raison ? » Elle s'en approcha, fébrile, mais légère, lévitant sur un sol lunaire. Sa voix était douce comme de la soie et hésitante comme les premiers pas d'un nourrisson. Elle racla légèrement sa gorge et dit, en articulant lentement, pour aider les muscles de sa bouche atrophiée :

« Ce soi-, je suis un peu en -eta-d. Excusez-moi, j'étais pa-ti loin, t-ès, t-ès loin ; plus loin que ce que -ous pouvez imaginer. Je voulais ret-ouver une partie de moi. J'en ai ret-ouvé t-ois. Deux d'entre elles ne sont pas t-ès impo-tantes, ma voix et mon ouïe. Mais ça peut servi- dans mon métier *(rires et applaudissements)*. La troisième est bien plus impo-tante que les deux p-emières. Elle était bien cachée.

C'est l'êt-e le plus cher au monde à mes yeux. Il est ici. Je -eux -ous le p-ésenter. Mon père, Domingo. »

Après ces mots touchants, ses lèvres courageuses et ses mains invitèrent Domingo à la rejoindre sur scène. L'idée de se présenter et, pire encore, de jouer du piano en public ne l'enchantaient guère. D'après lui, son toucher, caractérisé par d'inévitables pains[4], ne méritait guère mieux qu'une place derrière le fourneau d'une boulangerie. Mais pour faire plaisir à sa fille, car il ne pouvait rien lui refuser, il avait accepté.

Ainsi donc, enfin réunis, nos deux musiciens s'embrassèrent longuement sous une pluie d'applaudissements, avant de se diriger vers le piano. Instinctivement, Maïna prit place à droite, comme quand elle était petite. « La place du débutant », disait-il ; lui se réservant celle du pianiste chevronné. Mais cette fois Domingo refusa. Sa place était à gauche.

« Je crois que tu l'as bien mérité. »

Maïna glissa vers les graves, Domingo positionna ses doigts sur l'accord de *ré* (*si*, *ré*, *fa* dièse), premier accord de *Tycho*. Maïna l'interrompit en posant sa main sur la sienne. La crevasse sur son doigt avait disparu. Sa peau était devenue douce.

« Jouons plutôt l'avenir, notre avenir, lui soufflat-elle.

— Si tu veux, ma chérie, comment veux-tu que je commence ?

— À toi de décider Papado, je te suis. »

Tous deux improvisèrent sur des accords de *la* mineur, *ré*, *fa* et *sol*. Domingo n'avait rien perdu de sa technique rudimentaire, de son toucher brut de béton. Quant à Maïna, elle prit un soin particulier à

4. Fausse note, dans le jargon des musiciens.

valoriser le jeu de son père. Quelques minutes d'un dialogue délicieux qui furent saluées par un public manifestement ému.

Puis Domingo descendit s'installer au premier rang aux côtés de tous les invités. Il y avait Martha, évidemment, Popov, Élisa et tous ses proches. Le spectacle promettait d'être grandiose et déroutant, car alors que tous, même ceux qui la connaissaient bien et avaient déjà assisté à son spectacle, s'attendaient à la voir quitter la scène pour laisser place à son double, elle fit contre toute attente un petit hochement de tête au chef d'orchestre qui voulait dire : je suis prête, j'y suis, j'y reste.

Et vingt-cinq cavaliers de feu, archet en main, crins tendus, commencèrent leurs allées et venues sur les manches d'ébène *con anima*. Au fond descendit un écran de toile de quinze mètres de long par huit de hauteur. À cet instant, Maïna sentit le souffle discret du public la porter jusqu'au milieu de la scène où l'attendait, sorti des tréfonds, un Steinway à queue recouvert d'une peau couleur pastel qui représentait la partition de *Ventre-de-biche*. Elle s'assit, marqua une pause, inspira profondément et commença à jouer « L'été » : premier mouvement d'un total de quatre. Par touches successives, les projecteurs peignaient comme mille pinceaux un tableau musical aux couleurs chatoyantes. Puis, à la surprise générale, le jeu de lumières émancipa les couleurs de cette prison en deux dimensions. De gigantesques mains invisibles piochaient sur l'écran des couleurs d'automne (jaune, orangé, noisette, feuille morte) pour envelopper notre héroïne de traits, de points, de signes holographiques formant un décor mouvant en trois dimensions. À mesure que Maïna déroulait les notes, on entendait des spectateurs lancer des ohhh et des ahhh de stupéfaction tandis que d'autres restaient bouche bée. Jamais de mémoire d'homme on n'avait assisté à si extraordinaire et inénarrable spectacle de son et lumière. Des humeurs, des paysages, des aventures romanesques, du suspense, de la poésie, mais aussi de sombres altérations, comme dans le troisième mouvement, froid, et rude comme l'hiver d'un pôle. Le jeu des projecteurs était parfaitement synchronisé. Maïna disparut dans un écrin de cristaux étincelants aux nuances bleutées. On distinguait à peine ses doigts piquer les touches ; notes répétitives pour briser la gangue de glace jusqu'aux verts printemps, olive, pomme venus la libérer et déferler dans le public en notes de vie furieuses et enchanteresses que les spectateurs essayaient de saisir vainement avec leurs mains d'enfant. Et pourtant, on croyait distinguer un cœur pur au loin. Dans un tour de prestidigitation, Maïna réapparut en robe arc-en-ciel irisée. L'offense de trop pour Apollon, Athéna et tous les dieux. Le ciel s'obscurcit soudainement ; au son de l'halilintar, le tonnerre gronda, menaçant, Maïna porta ses mains au visage, feintant l'effroi, l'abattement, et les cordes du piano cessèrent de vibrer. On imaginait les éléments l'engloutir, elle et toute la ville avec. Mais d'un coup, refusant d'abandonner son public au beau milieu d'une gigantomachie sans précédent, Maïna se rebiffa, bondit de son siège, torse bombé, saisit les deux pinceaux posés sur le piano, puis repoussa le grondement assourdissant des percussions en projetant de ses mains furieuses des dizaines de traits colorés au son des cors, des trombones, des trompettes et des tubas. Surprises, les ombres maléfiques qui planaient au-dessus des spectateurs ahuris perdirent du terrain, préférant se replier. Maïna, comme possédée, puisait dans ses dernières forces pour repousser les gris et les noirs méphistophéliques de jets de lances à pointes d'or et d'argent. Quand elle y parvint d'un dernier coup de pinceau rageur, le spectacle cessa. Les hommes et les femmes se levèrent et acclamèrent d'une seule voix ; laissèrent échapper des larmes d'émerveillement. Aux pieds de Maïna, un tapis de fleurs. La jeune fille s'accroupit, salua le public qui scandait son prénom, cueillit un bouquet de roses, lança un baiser à son père. Et le rideau tomba.

Chapitre 39

La nuit était déjà tombée, les quais baignaient dans une nuit d'hiver fraîche et venteuse. Rien n'avait changé. L'avenue du Mont-Riboudet les porta de son long bras rectiligne d'un kilomètre jusqu'à la rue de Fontenelle, à Déville-lès-Rouen. Se trouvait, dans le petit immeuble abandonné, un morceau de leur histoire plus ou moins heureuse.

Quand Ludovic, par l'entrebâillement de la porte, les vit tous deux, côte à côte, que les notes nerveuses et sautillantes de *Tycho* lui parvinrent aux oreilles, il comprit soudainement la raison de l'entêtement de Maïna et s'en voulut de n'avoir pas compris plus tôt. Einst Engelmann lui avait parlé d'une sorte de routine d'échauffement. Ludovic y avait vu une épitaphe musicale. Tous deux s'étaient fourvoyés. Elle lui avait pourtant dit que son père était musicien. Qu'il composait, lui aussi. Ludovic se pinça les lèvres. *Tycho* était bien plus qu'une musique — d'un intérêt tout relatif, avait-il osé dire — et bien moins qu'un caprice. *Tycho* était une bouteille à la mer portée par un courant d'amour et d'espoir jusqu'au chevet de son père ; leurs retrouvailles gagnées à la force d'une suite de notes à l'armature simple et robuste, au verre incassable ; le commandement d'une petite fille courageuse et déterminée qui disait en substance : tu t'accommoderas du chahut des océans déchaînés, tu traverseras les tempêtes, tu te joueras des cargos indélicats et des enfants curieux, tu vivras, coûte que coûte, jusqu'à t'échouer sur les tympans de mon père, Domingo, pour le sortir de sa profonde léthargie.

Avant de les laisser seuls, Ludovic remit les clefs de l'appartement à Domingo.

« Je voulais faire la surprise à Maïna, mais je crois qu'il est à vous... Pardon pour la poussière », lui dit-il en souriant.

Domingo le remercia avec une infinie reconnaissance. Cet homme débraillé qui, toute la soirée, s'était démené, dégoulinant de sueur, en permanence sur le fil pour dégager Maïna des contraintes superflues, avait tant fait pour elle.

« Vous pouvez en être fier, lui dit Ludovic, certainement que l'œuvre de votre fille va marquer une rupture sans précédent... Je n'ai pas de mots pour décrire ce qu'elle a composé... Ce qui se passe en elle est... »

Mais Domingo plaçait l'œuvre de sa fille au second plan (ce que peu de personnes étaient en mesure de faire, trop obnubilées qu'elles étaient par sa magie artistique). Évidemment qu'il était fier. Comment ne pas l'être ? Mais il remercia Ludovic, non pas pour son rôle dans sa réussite artistique, mais pour toute l'attention qu'il lui avait portée durant son absence.

Et Domingo n'en avait pas fini avec les remerciements. Car il se fit la promesse d'aller voir M. Popov et tous les autres aussi, Élisa, Martha, les professeurs, tous ceux qui avaient compté dans la vie de Maïna.

Vous vous demandez sans doute ce que devint Caroline ? Ni Maïna ni lui n'eurent jamais plus de ses nouvelles. C'était mieux ainsi.

Dans le coin juste au-dessus du piano, Domingo fixait, l'air absent, les vagues de peinture blanche écaillée se briser, sans écume ni ressac, contre la falaise de papier peint jaune pastel. Dessus, l'impression treillis de losanges aux nuances de marron et de vert complétait à merveille une décoration surannée. Maïna lui prit la main pour le ramener à elle. Pendant qu'Anne préparait le dîner, Domingo et Maïna n'en finissaient plus de se raconter. Les rires succédaient aux pleurs et les pleurs aux baisers. Il fut question du choix du titre qu'ils avaient improvisé sur scène. *Pain vanille-chocolat* (chocolat pour Maïna, vanille pour Domingo et les quelques pains qu'il avait faits ce soir-là ainsi que son manque de régularité dans le rythme). L'affaire tranchée, Domingo sentit la fatigue le gagner. Le moindre geste lui coûtait beaucoup. Il revenait tout de même d'un long voyage dans l'espace. Avant de rejoindre sa chambre, il embrassa Maïna et lui demanda :

« Qu'est-ce que tu comptes faire maintenant ? Je veux dire, après de si belles musiques et un tel spectacle. »

Et Maïna lui répondit, plus heureuse que jamais :

« Maintenant, Papado, -e vais chanter ! »

FIN

POSTFACE

J'ai reçu l'autorisation de Maïna quelques jours après lui avoir présenté le manuscrit. Elle avait accepté de me raconter son histoire à la condition de pouvoir y jeter un œil avant sa sortie mondiale. Je peux vous garantir qu'elle ne me demanda d'y apporter aucune modification.

Il y avait aussi, jointes à son courrier, cinq partitions au pastel (que vous trouverez à la fin de ce livre) pour, me disait-elle, « récompenser la qualité de notre relation ainsi que le travail de recherche effectué au cours de ces deux dernières années ».

Pour les plus curieux d'entre vous, le musée du Louvre et le Metropolitan Museum of Art de New York exposent chacun une cinquantaine de ses œuvres. Ne me demandez pas à quelles musiques les relier. J'ai essayé de le deviner, moi aussi, et plusieurs fois j'ai interrogé Maïna à ce sujet, en vain. J'imagine votre déception et la question qui vous vient à l'esprit. Pourquoi un tel secret autour de la correspondance entre sa musique et ses partitions ? Dans quel but ?

Naturellement, il y a cette théorie bien connue qui nous enseigne que si elle nous révélait les correspondances, Maert serait en droit – s'il en avait conservé une copie – de réclamer sa part. Au vu des droits d'auteur en jeu... Risqué... Soit. Une seconde théorie me semble plus plausible. J'y ai moi aussi longuement pensé, par conscience professionnelle, car cette question est fondamentale. Certains esprits malveillants se sont chargés de creuser cette piste en empruntant son versant le plus sombre. Maïna est bien consciente d'incarner un trait d'union, un lien mystique entre peinture et musique. Mais la seule idée qu'elle conserve à dessein le secret pour rester seule sur le toit du monde ne me semble pas plausible. Ce genre de calcul cynique ne lui ressemble pas. Je pense qu'il n'y a pas de formule mathématique magique, de clef de lecture à notre portée. Il n'y a pas de pierre de Rosette.

Mais alors, quelle effrayante responsabilité pèse sur ses épaules et pour nous, quelle angoisse. Car après sa mort, ce lien ténu disparaîtra à jamais.

LES PARTITIONS

Globules

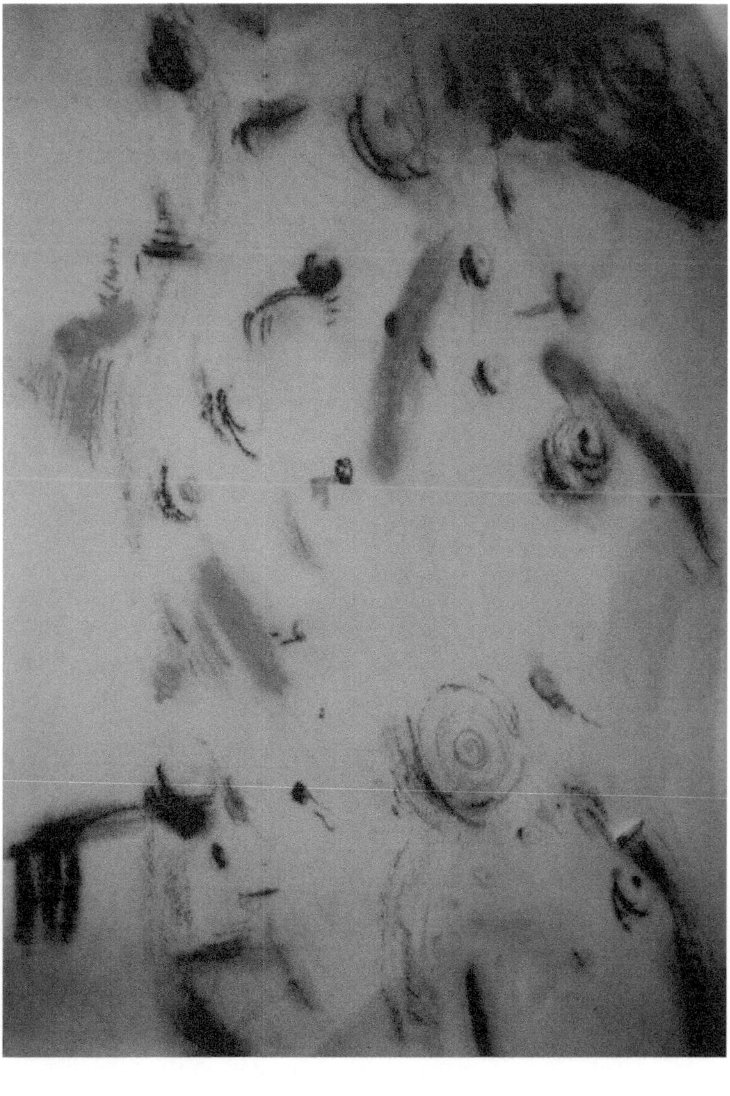

Nuages

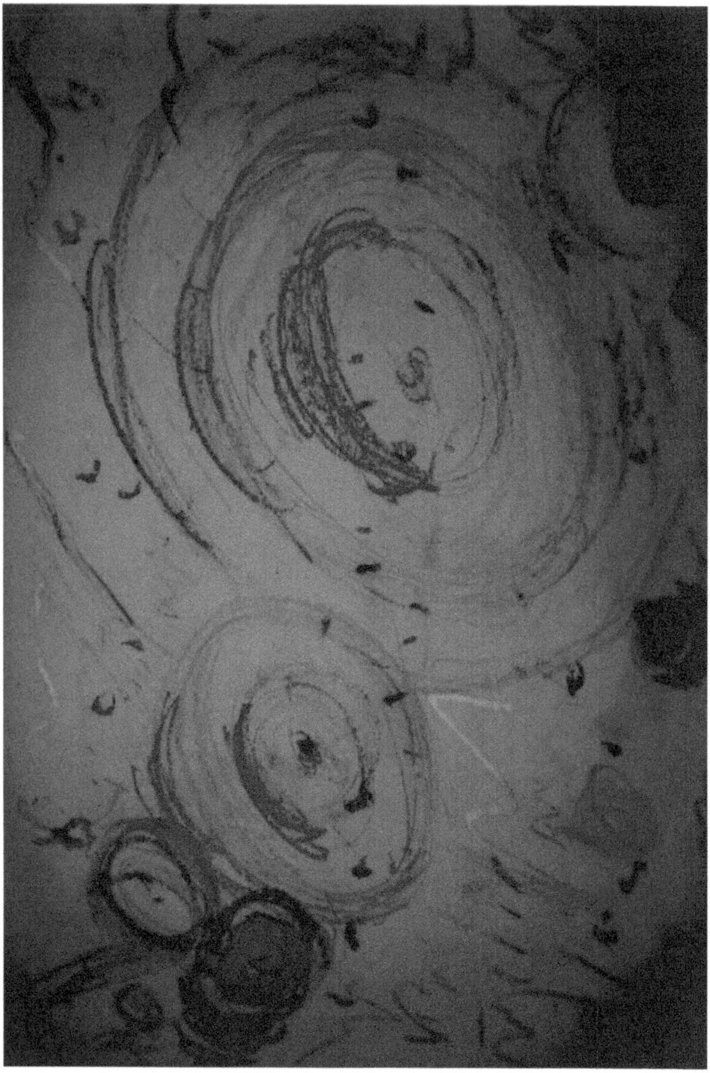

Martiens

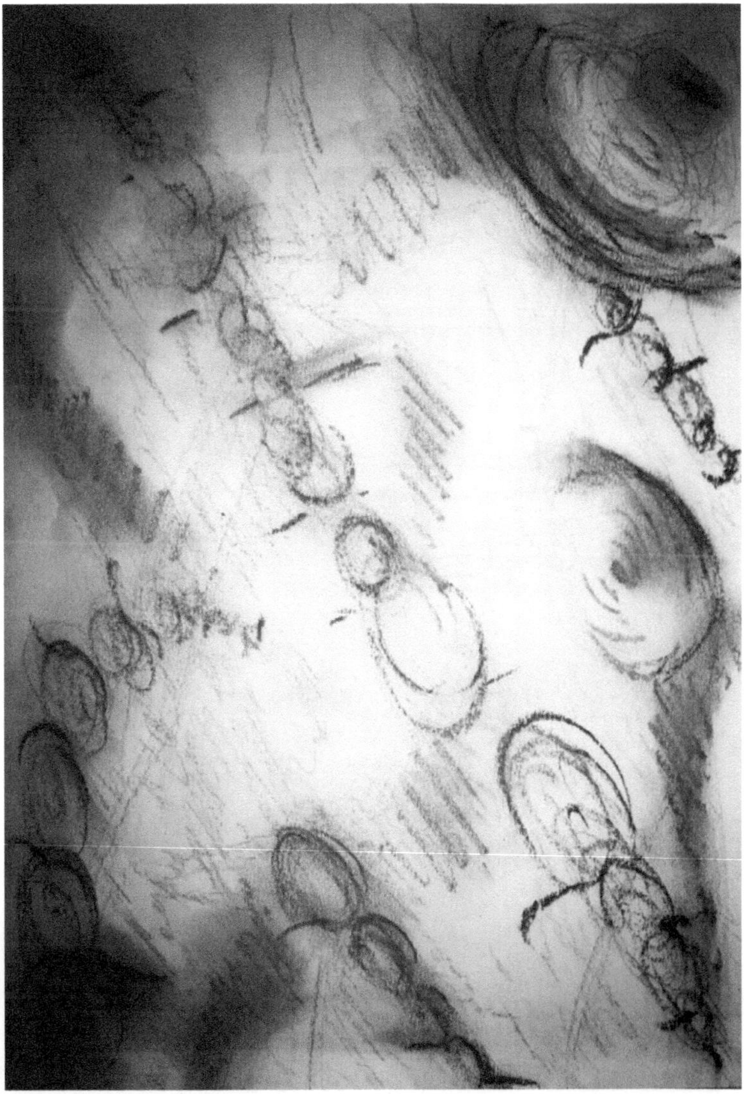

Sapins

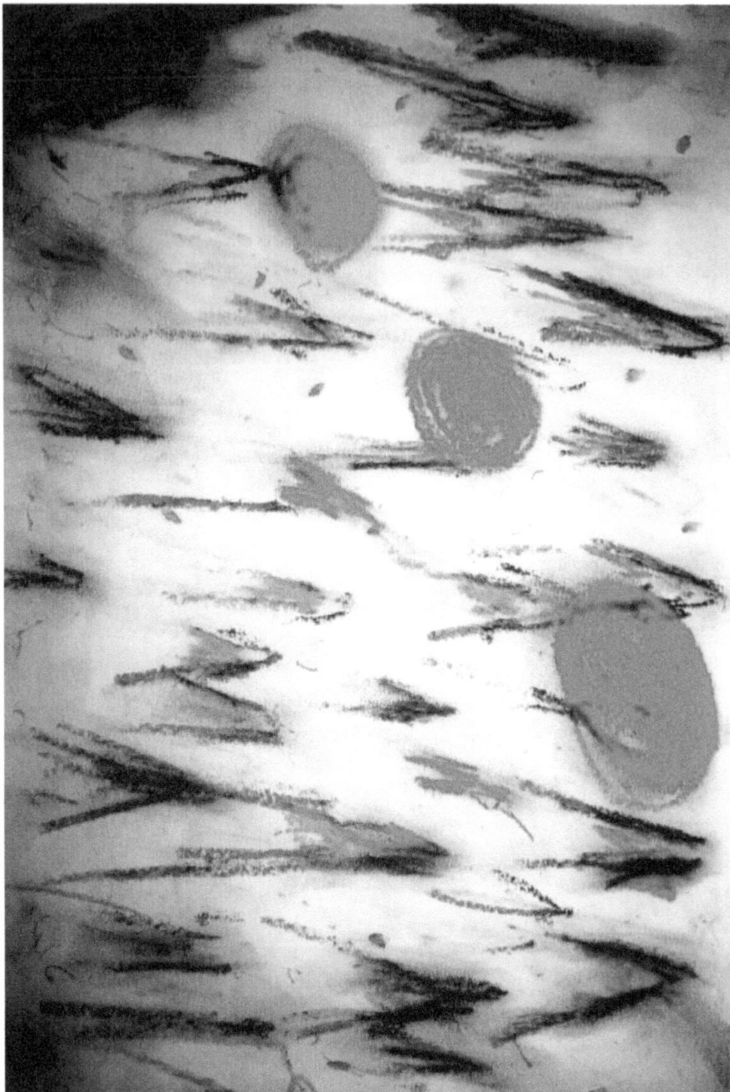

Orages

Printed in France by Amazon
Brétigny-sur-Orge, FR

19369740R00130